9 CONTOS DE NOVE MUNDOS

MAGNUS CHASE
e os DEUSES de ASGARD

9 CONTOS DE NOVE MUNDOS

RICK RIORDAN

Tradução de Regiane Winarski

intrínseca

TÍTULO ORIGINAL
Magnus Chase and the Gods of Asgard: 9 from the Nine Worlds

PREPARAÇÃO
Carolina Vaz
Thais Entriel

REVISÃO
Rayana Faria

DIAGRAMAÇÃO E ADAPTAÇÃO DE CAPA
Julio Moreira | Equatorium Design

ILUSTRAÇÕES DE MIOLO
James Firnhaber, Jim Madsen e Yori Elita Narpati

ARTE DE CAPA
James Firnhaber

DESIGN DE CAPA
Joann Hill

ILUSTRAÇÕES DAS RUNAS
Michelle Gengaro-Kokmen

CIP-BRASIL. CATALOGAÇÃO NA PUBLICAÇÃO
SINDICATO NACIONAL DOS EDITORES DE LIVROS, RJ

R452m
Riordan, Rick, 1964-
Magnus Chase e os deuses de Asgard : 9 contos de nove mundos / Rick Riordan ; tradução Regiane Winarski. - 1. ed. - Rio de Janeiro : Intrínseca, 2022
176 p. ; 18 cm.

Tradução de: Magnus Chase and the gods of Asgard : 9 from the nine worlds
ISBN 978-65-5560-508-2

1. Ficção. 2. Literatura infantojuvenil americana. I. Winarski, Regiane. II. Título

22-76139 CDD: 808.899282
CDU: 82-93(73)

Meri Gleice Rodrigues de Souza - Bibliotecária - CRB-7/6439

[2022]

Editora Intrínseca Ltda.
Rua Marquês de São Vicente, 99, 6º andar
22451-041 – Gávea
Rio de Janeiro – RJ
Tel./Fax: (21) 3206-7400

Um agradecimento especial a
Stephanie True Peters pela ajuda neste livro

SUMÁRIO

ASGARD

Só mais uma cabeça decapitada

ODIN

MEUS EINHERJAR têm um ditado: *Em alguns dias você é o machado, em outros, a cabeça decapitada.* Eu gosto tanto dele que mandei fazer camisetas para a lojinha de presentes do Hotel Valhala.

Como Pai de Todos, rei da sabedoria, rei dos aesires e governante de Asgard, eu geralmente sou o machado. Forte. Poderoso. Centrado.

Mas nem sempre. Um dia, não muito tempo atrás... bom, vamos dizer apenas que as coisas saíram do controle.

* * *

Começou quando Hunding, porteiro do Hotel Valhala, me informou de uma confusão no Salão de Banquete dos Mortos.

— Confusão? — perguntei enquanto abria a porta do salão.

Paf!

— Uma guerra de comida, lorde Odin.

Tirei um pedaço de Saehrímir cru da bochecha.

— Percebi.

Não era uma guerra de comida qualquer. Era uma guerra de comida entre as minhas valquírias. Acima de mim, pelo menos dez escolhedoras dos mortos voavam e mergulhavam enquanto arremessavam carne, batata, pão e outros itens comestíveis do banquete.

— Chega!

Minha voz gerou uma onda de choque pelo salão. A guerra cessou.

— Larguem as armas.

Bifes de Saehrímir e outros alimentos caíram no chão.

— Agora, limpem essa sujeira e pensem no que fizeram.

Enquanto as valquírias foram procurar esfregões, fiz sinal para Hunding, que estava encolhido em um canto.

— Me acompanhe.

Andamos pelo Hotel Valhala, o lar eterno dos meus einherjar, os mortais que tinham perdido a vida de forma heroica. Minhas nobres valquírias são responsáveis por trazer os mortos até aqui, onde os bravos guerreiros treinam para lutar ao lado dos deuses contra os gigantes no Ragnarök, o Dia do Juízo Final. (Se quiserem saber mais sobre o assunto, procurem meu panfleto informativo *A luta após a morte: um guia para o Ragnarök.*)

Parei no pé de uma escadaria de pedra.

— Desde a morte de Gunilla, a capitã das valquírias, algumas das minhas servas ficaram... agressivas. — Toquei no rosto, no ponto onde fui atingido pela carne crua. — Eu tinha esperanças de que as valquírias fossem escolher uma nova capitã. Como não escolheram, vou precisar intervir.

Hunding pareceu aliviado.

— Já tem a substituta de Gunilla em mente, lorde Odin?

Infelizmente, eu não tinha. Minha primeira escolha, Samirah al-Abbas, tinha optado por se tornar minha valquíria encarregada de missões especiais. Eu não tinha uma segunda opção... ainda.

— Diga aos lordes para levarem candidatas ao Salão das Coisas em uma hora. Estarei vigiando os nove mundos de Hlidskjalf se você precisar de mim. E... Hunding?

— Sim, lorde Odin?

— Não precise de mim.

Subi a escada até meu pavilhão e afundei em Hlidskjalf, o trono mágico do qual consigo observar os nove mundos. O assento aninhou meu traseiro com a maciez do seu estofado de pele de arminho. Precisei respirar fundo algumas vezes para me concentrar, e então me voltei para os mundos além.

Normalmente eu começo com um olhar superficial pelo meu próprio reino, Asgard, depois passo pelos outros oito: Midgard, o reino dos humanos; Álfaheim, o reino dos elfos; Vanaheim, o domínio dos deuses vanires; Jötunheim, a terra dos gigantes; Niflheim, o mundo do gelo, da neblina e da névoa; Helheim, o reino dos mortos desonrados; Nídavellir, o mundo escuro dos anões; e Muspellheim, o lar dos gigantes do fogo.

Desta vez, nem passei de Asgard. Por causa dos bodes.

Especificamente, os bodes de Thor, Marvin e Otis. Eles estavam na Bifrost, a ponte arco-íris radioativa que conecta Asgard a Midgard, usando pijamas. E meias. Mas não havia nem sinal de Thor, o que era estranho. Meu filho costuma manter Marvin e Otis sempre por perto. Ele os mata e come todos os dias, e os dois voltam à vida na manhã seguinte.

Mas perturbador mesmo era Heimdall, o guardião da Bifrost. De quatro, ele pulava como um lunático.

— É isso que eu quero que vocês façam — explicou ele para Otis e Marvin entre saltos. — Que vocês pinoteiem. Saltitem. Cabriolem. Entenderam?

Eu abri as nuvens.

— Heimdall! Que Helheim está acontecendo aí embaixo?

— Ah, oi, Odin! — A voz incrivelmente aguda de Heimdall fez meus dentes trincarem. Ele acenou com o tablet na minha direção. — Estou fazendo um vídeo de bodes bebês fofos para postar nas minhas redes sociais. Os vídeos de bodes bebês fofos fazem um sucesso *enorme* em Midgard. *Enorme!* — Ele afastou bem as mãos para demonstrar.

— Eu não sou bebê! — disse Marvin com rispidez.

— Eu sou fofo? — questionou Otis.

— Guarde esse tablet e volte aos seus afazeres já!

De acordo com a profecia, um dia os gigantes vão atravessar a Bifrost, um sinal de que o Ragnarök chegou. O trabalho de Heimdall é soar a trombeta Gjallar e dar o alarme, um trabalho que ele não poderia fazer se estivesse gravando os vídeos para suas redes.

— Posso terminar meu vídeo de bodes bebês fofos primeiro? — suplicou Heimdall.

— Não.

— Aaahhh. — Ele se virou para Otis e Marvin. — Acho que encerramos, pessoal.

— Finalmente — disse Marvin. — Vou dar uma pastada. Fui. — Ele pulou da ponte e despencou para sua morte quase certa e ressurreição no dia seguinte. Otis suspirou e sussurrou qualquer coisa sobre a grama do vizinho ser sempre mais verde e pulou atrás dele.

— Heimdall — falei, com a voz tensa —, preciso lembrá-lo do que aconteceria se um único jötunn entrasse em Asgard?

Heimdall abaixou a cabeça.

— Emoji suplicante.

Suspirei.

— Tá, tudo bem. Eu...

Um movimento no jardim do Hotel Valhala chamou minha atenção.

Eu olhei melhor.

E na mesma hora me arrependi.

Com as pernas abertas e usando só um short de couro bem curto, Thor estava se curvando, girando e agachando-peidando. Preso ao tornozelo dele havia um dispositivo com o formato de *valknut*, um desenho de três triângulos entrelaçados.

— Em nome de mim, o que meu filho está fazendo? — perguntei, espantado.

— Quem, Thor? — Heimdall olhou para trás. — Ele está fazendo um aquecimento para uma corrida pelos nove mundos.

— Uma corrida. Pelos nove mundos — repeti.

— É. Se ele conseguir dez milhões de passos no Fitness-Knut, aquele troço no tornozelo dele, vai poder aparecer em um programa de televisão de Midgard. Foi por isso que fiquei com os bodes dele. Thor disse que eles o deixariam mais lento.

— Que ridículo!

— É verdade. Os bodes não são muito velozes. A não ser que estejam despencando, claro.

Não foi isso que eu quis dizer... Deixa pra lá. — Botei as mãos em concha em volta da boca e berrei: — Thor! *Thor!*

Heimdall tapou as orelhas.

— Ele está ouvindo rochas.

— Arrocha?

— Não, rochas mesmo. Pedras e tal.

Para minha alegria, um corvo mensageiro entrou no pavilhão naquele momento para me chamar para a reunião dos lordes.

— Finalmente — murmurei quando segui para o Salão das Coisas. — Um momento de sanidade.

Abri a sala de reuniões e encontrei meus conselheiros de confiança sentados em cadeiras de couro elegantes.

— Quem girar por mais tempo sem vomitar ganha! — gritou um dos Eriks.

— Lordes! — rugi. — Ordem!

Meus conselheiros puxaram rapidamente as cadeiras para perto da mesa (exceto Snorri Sturluson, que cambaleou até a lata de lixo mais próxima e vomitou). Assumi meu lugar na cabeceira e assenti para Hunding.

— Traga as candidatas.

A primeira indicada era Freydis, filha de Erik, o Vermelho. Freydis tinha sido uma ótima valquíria no passado. Mas, a julgar pelas costas curvadas, sorriso banguela e olhos leitosos, os anos não tinham sido muito gentis com ela.

— Erik — observei —, sua filha é praticamente pré-histórica.

Erik apontou para mim com dois dedos.

— Isso só significa que ela é experiente, concorda comigo?

— Nesse caso, não. — Agradeci a Freydis pelos serviços prestados e a enviei mancando para fora da sala.

Em seguida veio Kara, uma pateta bem-intencionada e desastrada que ria sem parar. Ela só tinha se tornado valquíria por causa do relacionamento de séculos com Helgi, o gerente do Hotel Valhala. Uma garota legal? Sim. Digna de liderar minhas guerreiras?

— Nem pensar — respondi ao olhar esperançoso de Helgi.

Boadicea, a temerosa rainha dos celtas e valquíria desde o ano 61, era a escolha de Davy Crockett. Ela entrou brandindo a espada, percorreu o cômodo com um olhar impaciente, inclinou a cabeça para trás e berrou de raiva.

— *Cadê o lanchinho?! Me prometeram que ia ter lanchinho!* — Ela decapitou a luminária de chão mais próxima e saiu.

Pressionei meus dedos no alto do nariz.

— Bom, a próxima candidata não pode ser pior.

A candidata seguinte foi pior.

Uma velha decrépita com cabelo ralo grisalho e trajes imundos e em farrapos entrou no salão. Seu cecê me alcançou na mesma hora em que a reconheci. Pulei da cadeira e conjurei Gungnir, minha lança mágica.

— Você!

A velha deu uma risada rouca de catarro.

— Ah, você se lembra de mim, é, Caolho?

— Eu bani você das valquírias séculos atrás! — Olhei com irritação para os meus lordes. — Quem ousa trazer essa bruxa à minha presença?

— Ah, não grite com eles — disse ela, me repreendendo. — Quando soube que você ia escolher uma nova capitã para as valquírias, não pude resistir. — Ela tossiu alguma coisa horrível na mão e limpou na roupa.

— Perdão, lorde Odin — sussurrou Hunding —, mas quem é ela?

— Hladgunnr — rosnei. — Filha de Hel, neta de Loki. Ela empesteou Valhala com seus truques.

Hladgunnr soltou um gritinho de alegria.

— Ah, lembra aquela vez que eu deixei uma trilha de nozes para levar Ratatosk até Laeradr?

— Foi *você?* — gritou Snorri. — Os insultos do esquilo azedaram o leite de hidromel de Heidrún! — Ele escondeu o rosto nas mãos. — O jantar foi *arruinado*!

— Como explicar? — Ela piscou para mim. — Adoro uma pegadinha.

O ar em volta de Hladgunnr ondulou, e ela começou a encolher.

Alarmes soaram na minha cabeça.

— Hladgunnr herdou a personalidade cínica de Loki, mas não seu poder de mudar de forma.

Com uma risada histérica, a impostora se transformou em uma águia-careca.

— Utgard-Loki. — Uma corrente de medo se espalhou entre os lordes quando falei o nome do rei dos gigantes das montanhas. Apontei a lâmina afiada de Gungnir para a ave. — Como você conseguiu entrar no mundo?

A águia me olhou com malícia.

— Uma oportunidade inesperada se apresentou. Eu só aproveitei.

Fiz uma careta.

— Heimdall e o vídeo dos bodes bebês.

— Eu não sou bebê! — gritou Marvin de algum lugar fora do hotel.

— E Hladgunnr? — perguntei.

— Ela me procurou quando você a baniu. Tem um cecê horrível, mas é uma ótima fonte de informações, até o fim. O fim *dela*, é claro. — Utgard-Loki passou a ponta da asa pela garganta. — Fingir que era ela foi moleza. Constranger você na frente dos seus lordes? Ah, isso não tem preço.

Já tinha ouvido o suficiente. Eu me preparei e arremessei Gungnir. A lança nunca erra seu alvo, mas dessa vez passou direto pela águia. Como...?

Utgard-Loki soltou uma gargalhada.

— O poderoso Odin, enganado por uma ilusãozinha? Que *piada*!

Pisquei e vi que a águia não estava mais na mesa, talvez nunca tivesse estado, e sim em uma janela aberta. Ela fez uma saudação com uma das asas e saiu voando na direção das montanhas distantes de Jötunheim.

Eu afundei na cadeira.

— Saiam.

Os lordes dispararam para fora rapidamente. No silêncio que se seguiu, um pensamento girava na minha mente: *Em alguns dias você é o machado, em outros, a cabeça decapitada.*

Nunca tinha me sentido tão decapitado na vida. Não estava gostando nada daquilo. Então, decidi me tornar o machado.

— Hunding, pare de ficar se escondendo no corredor e venha para cá.

A cabeça do porteiro surgiu na porta.

— Eu não estava me escondendo — disse ele, na defensiva. — Estava esperando.

— Entre. Preciso que você faça três coisas. Primeira: encontre uma forma de rastrear o FitnessKnut do Thor. Relate a localização dele em tempo real.

— Ele não vai simplesmente percorrer os mundos em ordem?

Fiz uma careta.

— O senso de direção do Thor é péssimo. É provável que o caminho dele seja errático. Enfim, segunda coisa: faça pelotões de einherjar lançarem ataques surpresa na Bifrost. Quero que Heimdall esteja alerta.

— Muito bem, senhor. E a terceira coisa?

— Informe aos lordes que, a partir de amanhã, eu ficarei indisponível por algum tempo. — Transformei minha aparência de um deus da sabedoria com um olho em uma mulher linda com dois olhos usando cota de malha. — Vou viver em meio às minhas valquírias para decidir sozinho qual merece ser capitã.

Hunding ergueu uma sobrancelha peluda.

— Ideia de Utgard-Loki, lorde Odin?

— Às vezes a sabedoria pode vir de onde menos se espera. — Fiz uma pausa, pensando. — Hum, ótima ideia para uma camiseta. E... Hunding?

— Meu lorde?

Voltei à minha forma real.

— Baixe vídeos de bodes bebês fofos no meu tablet. Preciso saber o que isso tem de tão incrível.

MIDGARD

É por isso que eu odeio sair para comprar roupas

AMIR FADLAN

— AMIR, VOCÊ ESTÁ HORRÍVEL. — Minha noiva, Samirah al-Abbas, olhou minha roupa com descrença e horrorizada.

— Sério? — Eu olhei para mim mesmo. — Mas é um smoking!

— Um smoking azul-bebê!

— Com camisa de babados combinando e gravata-borboleta — falei, na defensiva. — Meu tio que me emprestou. Vou impressionar seus avós, não acha?

— São as bodas de ouro de Jid e Bibi! — retrucou Sam. — Você não pode usar...

— Samirah. — Meu pai se aproximou. — Ele está brincando.

Os olhos castanho-avermelhados de Sam faiscaram perigosamente, e de repente percebi que pregar uma peça em uma valquíria talvez não fosse boa ideia.

— Estou indo para a loja do Blitzen agorinha — me apressei em dizer, para tranquilizá-la. — Vou comprar alguma coisa adequada, prometo.

— Vou com você, só para garantir — afirmou Sam.

Meu pai pigarreou e ergueu as sobrancelhas.

— Não se preocupe, pai — pedi. — Blitz vai estar lá também.

— Bom saber — respondeu meu pai. — Mas eu ia sugerir que você se trocasse antes de ir.

— Ah, é. Volto em cinco minutos.

Corri até meu quarto e comecei a me despir. De repente, fiquei paralisado. Pelo canto do olho, vi uma sombra se mover na janela. Tinha alguém na saída de incêndio. Os pelos da minha nuca se eriçaram. Com o coração disparado, andei na ponta dos pés e puxei um pouco a cortina.

Um pombo passou voando a milímetros do meu rosto. Pulei para trás, tropecei e caí de bunda.

— Bicho idiota — resmunguei.

Troquei o smoking por uma calça jeans desbotada e uma camiseta branca e voltei correndo lá para baixo.

Sam estava no celular. *Odin*, disse ela com movimentos labiais. Ela ouviu por um momento, desligou e me olhou com uma expressão culpada.

— Preciso ir. Tenho uma extração de einherji de último minuto. Não deve demorar. Encontro você na loja do Blitzen. E não compre nada enquanto eu não chegar!

Eu a acompanhei até a porta. Sam olhou para um lado e para o outro, deu um pulo no ar e saiu voando.

— Nunca vou me acostumar com isso — murmurei.

Ao contrário da maioria dos mortais, eu consigo ver através do *glamour*, a força mágica que disfarça a realidade. Posso agradecer (ou amaldiçoar) Magnus Chase por tornar isso possível. Ele achou melhor que eu soubesse sobre a vida de valquíria da minha noiva. Eu me perguntava como meu pai interpretaria o desaparecimento repentino de Sam. Um uber superveloz, talvez?

Ter a mente aberta assim nem sempre era divertido. Por exemplo, a caminho da loja O Melhor de Blitzen, encontrei Thor. Eu o vi como realmente era: uma deidade ruiva musculosa e suada com um short de couro que deixava pouco para a imaginação. Se bem que, pela forma como os outros pedestres se jogavam para o lado, é possível que também tivessem tido um vislumbre do verdadeiro Thor.

O Melhor de Blitzen, a loja de roupas chiques da qual o amigo anão da Sam era dono, ajudou a apagar a imagem de Thor do meu cérebro. Não sou muito ligado em moda (meu lema é *diga não ao coque samurai hipster*), mas curtia as peças coloridas de Blitzen. Mas, aparentemente, eu era o único. Não havia mais ninguém na loja.

— Oi, Blitz, está aí?

Um homem magro de olhos muito próximos um do outro, cabelo castanho-claro e um bigode ralo saiu da sala dos fundos. Ele uniu as mãos na frente do peito, como um roedor se apoiando nas patas traseiras.

— O anão não está aqui agora — informou-me ele, com voz aguda e débil. — Sou Stan. Posso ajudá-lo?

Para mim, comprar roupas era sinônimo de pegar uma calça jeans do meu tamanho de uma pilha mal equilibrada. Eu não estava acostumado a ter um vendedor oferecendo ajuda e não sabia que Blitz tinha um funcionário. Por outro lado, eu era novo na rua Newbury, endereço das butiques mais exclusivas de Boston, onde os clientes esperavam atendimento personalizado. Então eu deixei rolar, mas com cautela.

— Claro, eu acho. — Escolhi uma calça azul-marinho em uma arara próxima. — Vou a uma festa de comemoração de bodas de ouro e estou procurando algo especial para vestir.

— Especial. Sim. — Ele pegou a calça da minha mão e a colocou de volta na arara. — Essa não é especial.

Eu tinha quase certeza de que Blitzen discordaria, mas fiquei quieto.

Stan retorceu as mãos enquanto seus olhos vidrados esquadrinhavam meu corpo.

— Como eu pensava. Você é magro. Alto, mas não muito. Suas pernas são finas. — Ele olhou para mim. — Tenho uma coisa especial que vai servir direitinho. Espere aqui.

Não vou mentir. Quando Stan desapareceu na sala dos fundos, eu quase fugi. O cara me passava uma energia muito esquisita. Mas a festa era naquela noite. Se não comprasse alguma coisa ali, eu teria que usar o smoking azul. Era melhor arriscar a esquisitice do Stan para não sofrer com a ira da Sam.

Stan voltou com uma calça de couro marrom-clara. Ele acariciou o tecido, que era diferente de qualquer couro que eu já tivesse visto.

— Experimente esta. — Ele esticou os braços e não me deu escolha além de aceitar a calça. — Você nunca mais vai tirar.

— Hã, você quis dizer que eu nunca mais vou *querer* tirar, né? — falei, corrigindo-o.

— Você vai usar *para sempre*!

A voz de Stan tinha assumido um tom febril que fez com que eu me arrependesse de não ter fugido. Decidi agradá-lo e experimentar a calça. Eu alegaria que não coube, que era cara demais, ou qualquer outra coisa, e picaria a mula dali logo.

Ergui a calça para examiná-la na luz forte do provador. Parecia se ajustar ao corpo, tipo uma calça skinny, com os tornozelos justos e grudada nos quadris e nas coxas. O couro peculiar era leve e tinha a sensação de papel ao tato. Não tinha zíper, só um botão de marfim na cintura. Saindo do único bolso fundo na frente havia um pedaço de papel amarelo amassado com um símbolo rabiscado em tinta marrom-avermelhada.

— Você ainda não vestiu.

Quase fui parar no teto. Stan estava do outro lado da cortina. Eu não o tinha ouvido se aproximar.

— Hã, um segundo.

Enfiei o papel de volta no bolso, tirei os tênis e a calça jeans. Meu celular caiu no chão. Pensei se devia mandar uma mensagem de texto pedindo para Samirah se apressar, mas lembrei que ela tinha ido fazer aquele trabalho de valquíria dela. Guardei o telefone na calça jeans e a coloquei no banco do provador. Enfiei os pés na calça castanha, puxei-a para cima e fechei o botão.

Vuuush!

Com um som de aspirador de pó sugando um pedaço de papel, a calça grudou instantaneamente no meu corpo.

— Ei! O que é isso?

A cortina se abriu. Stan estava ali, agitando as mãos no ar.

— Você a vestiu. Por vontade própria. Com as suas próprias mãos.

— É, e agora eu vou tirar. Imediatamente. Com força!

Meus dedos tentaram abrir o botão, mas não aconteceu nada. Enfiei os polegares na cintura e tentei puxar a calça para baixo. O couro estava grudado em mim como se fosse uma segunda pele. Puxei os tornozelos, enfiei as unhas nas laterais. A calça não se moveu nem rasgou.

— O bolso. Olhe o bolso! — Stan ficou olhando para a calça, o que não ajudou a diminuir meu nervosismo.

— Não tem nada nele além de um pedaço de papel velho.

Stan chegou mais perto.

— Olhe. De novo. — Ele foi falando cada palavra com uma voz que agora não era mais fina e fraca, e sim perturbadora e perigosa. — *Agora!*

— Tudo bem, tudo bem, relaxa! Vou olhar. — Enfiei a mão no bolso e pisquei, confuso. Meus dedos tocaram em uma moeda. Cinquenta centavos, a julgar pelo tamanho. Eu a tirei do bolso e engoli em seco. — Isso é… *ouro*?

Stan esticou a mão em concha.

— Dá pra mim.

Atordoado, larguei a moeda nas mãos dele.

— O bolso — sussurrou Stan. — De novo.

Tirei uma segunda moeda de ouro. Depois uma terceira, e uma quarta. Assim que eu tirava uma, outra aparecia no lugar. Em segundos, as moedas estavam caindo das mãos de Stan no chão. Ele se agachou e começou a passar os dedos pela pilha reluzente.

Fui indo na direção da saída da loja.

— Olha, foi divertido e tudo, e você parece bastante ocupado, então, se puder me dizer como tirar a calça, eu vou nessa.

— Você não pode ir embora — disse Stan, ainda brincando de Tio Patinhas com as moedas. — Não enquanto estiver usando a *nábrók*.

— *Nábrók?* O que isso quer dizer?

Stan me olhou e sorriu.

— Calça necromântica.

Empalideci. Já tinha visto séries policiais suficientes para saber que o prefixo *necro* significava *morte*.

— Eu entendi direito? *Nábrók* quer dizer *calça da morte*? — Engoli em seco. — Ela vai me matar?

— Não. Você não entendeu.

Fui tomado de alívio.

— Ufa, por um momento achei...

— *Nábrók* é uma calça feita da pele de uma pessoa morta.

Precisei tapar a boca para não vomitar.

— Essa calça necromântica está na minha família há gerações — continuou Stan. — Foi criada pelo meu ancestral, um poderoso e habilidoso mago das trevas. O símbolo no papel é um feitiço poderoso escrito com o sangue do morto. O feitiço... cria moedas de ouro. Para sempre.

— Então pega esse papel! — gritei. — Eu não quero.

— Tolo! — Stan ficou de pé. — O feitiço precisa ficar no bolso. Só é ativado quando um descendente do morto do sexo masculino veste a calça por vontade própria, com as próprias mãos.

— Descendente do sexo masculino? — Meu corpo foi tomado pelo horror. — Você quer dizer que essa calça é...

— Feita da pele de um ancestral seu, sim.

— *Ahh!* — Agarrei a calça com desespero. Eu não queria vestir meu bisavô ou qualquer outra pessoa. Mas a calça era invulnerável.

Os olhos de Stan brilharam.

— Eu estava de olho em você, Amir Fadlan, esperando a oportunidade de dá-la para você.

Eu me lembrei da sombra na janela do meu quarto e tive que segurar outra ânsia de vômito.

— Onde está Blitzen? O que você...?

Ding-ding!

O sino acima da porta de entrada da loja tilintou.

— Amir? Blitzen? Alguém? — perguntou uma voz. — Meu Deus, eu poderia roubar tudo daqui e ninguém ia saber.

Eu inspirei fundo. *Alex.*

Alex Fierro era um einherji gênero fluido do Hotel Valhala e meio-irmão de Samirah. Pelo tom da voz, ele era menino no momento e estava um pouco irritado.

— Você conhece essa pessoa. — Stan falou como afirmação, não pergunta. — Se valoriza a vida dela, é melhor ficar calado. Eu também sei usar magia das trevas. — Ele me lançou um olhar de aviso, em seguida mudou para uma expressão agradável e correu para a entrada. — Boa tarde. Posso ajudar?

Eu tinha uma visão parcial de Alex pela cortina. Com o traje chamativo rosa e verde e o cabelo pintado de verde, ele parecia mais à vontade na loja do que eu jamais conseguiria. Mas ele não me viu, e não ousei chamar sua atenção. Stan obviamente tinha mais surpresas horríveis escondidas na manga.

— Quem é você? — perguntou Alex. — Cadê o Blitz?

— Sou Stan. O anão foi buscar mais matéria-prima em casa.

Alex apoiou um cotovelo no balcão.

— Stan, é? Bom, Stan, estou procurando um cara que veio aqui comprar roupa pra uma comemoração de bodas de ouro. Alto, magro e bonito, com um leve cheiro de falafel. Ele apareceu aqui?

— Eu não vi essa pessoa.

— Bem, então talvez eu possa escolher alguma coisa para ele. Ora, eu posso até comprar algumas coisas pra mim.

— Não. Estávamos fechando. Tenha um bom dia.

Stan foi até a porta e a abriu para Alex.

— Eita, calma aí, amigão! Eu tenho que ligar para a noiva dele primeiro. — Alex pegou o celular e digitou um número.

Um toque abafado soou na minha calça jeans no banco do provador, o toque de Alex. Ele estava ligando para o meu celular. Mas, se eu atendesse, Stan poderia enfeitiçar...

— Opa, número errado. — Alex desligou e ligou de novo. — Samirah? Então, eu estou no Blitz. Um cara aqui chamado Stan disse que o anão não está e que Amir não apareceu na loja. Ele não quer me vender nada porque disse que está fechando agorinha.

Alex ouviu por um momento e riu.

— Ah, traz isso, *sim*, para mostrar a ele assim que você encontrá-lo.

O que Alex queria dizer com "isso"?

Ele desligou.

— Samirah não está *nada* feliz.

— Você vai embora agora.

— Vou, vou sim.

Alex se afastou do balcão e saiu da loja. Stan trancou a porta e voltou para o provador. Sem aviso, ele segurou meu braço e o torceu nas minhas costas. Meu ombro explodiu de dor.

— Está na hora de ir.

— Ir para onde?

— Não precisa se preocupar com isso, meu bichinho — disse Stan —, pois é isso que você é agora: meu bichinho.

Ir para qualquer lugar com ele parecia uma ideia péssima. Distraí-lo, por sua vez, parecia um plano excelente.

— Espera! Mas e o ouro? A gente... hã, você não devia levar?

Stan riu.

— A *nábrók* vai me dar um fornecimento abundante. Infinito.

— Eu não posso pelo menos vestir minha calça de novo? Vai caber por cima da... da calça necromântica. — Eu quase expeli o almoço dizendo aquela palavra. — E vai escondê-la de olhares curiosos.

— Quem repararia? — perguntou Stan, com um ruído de deboche.

— Heimdall. — O nome do guardião simplesmente apareceu na minha cabeça. Com o olhar de longo alcance, ele conseguia ver problemas nos nove mundos... quando não estava olhando o tablet. — Ele e eu temos uma amizade especial. Ele até tirou uma selfie comigo.

Stan fez uma pausa e refletiu.

— Muito bem. — Ele soltou meu braço. — Mas não tente nenhuma gracinha.

É óbvio que tentei. Em vez de vestir a calça jeans, peguei a arma mais próxima, meu tênis esquerdo, e bati na cabeça dele.

— Um sapato? — rosnou ele. — Quem joga um sapato? Francamente! — Ele me empurrou pela cortina e parou de repente.

Sam estava parada no meio da loja. Com uma lança de luz brilhante em uma das mãos e usando uma roupa de cota de malha com um elmo sobre o hijab verde, ela era a encarnação do perigo. Se nossa religião não proibisse, eu teria dado um beijo nela.

— Solta ele. — A voz de Sam irradiava poder de valquíria. — Amir pertence a mim.

Meu coração inflou de orgulho. Senti que éramos capazes de enfrentar o mundo juntos e...

— Não mais — rosnou Stan. — Enquanto usar a *nábrók*, ele está conectado a *mim.*

Ah.

Sam pareceu confusa por um segundo. Apontei com desespero para a calça. Ela assentiu e disse:

— Bom, então a gente vai ter que desconectar!

Ouvi um ruído atrás de mim. O toque de Stan enrijeceu, e ele largou meu braço como se fosse uma batata quente. Eu me virei e vi Alex segurando uma ponta do garrote dourado como se fosse uma coleira. A outra ponta estava enrolada em Stan, prendendo os braços dele nas laterais do corpo. Stan soltou uma série de palavrões.

— Ah, cala a boca.

Sam pegou um par de meias estampadas e as enfiou na boca de Stan. Nesse mesmo instante, Alex olhou para as minhas pernas.

— Calça bonita.

— Olha, não é mesmo — rebati.

Contei para eles a verdade repugnante sobre a minha peça de roupa.

— Que nojo — disse Alex.

— Tem mais. — Mostrei o papel com o feitiço.

Sam fez uma careta.

— Magia das trevas. Eu odeio magia das trevas. Mas magia *da luz*... — Ela tocou no papel com a ponta da lança, e ele sumiu formando uma nuvenzinha de fumaça vermelho-sangue. — A magia da luz é bem útil.

Stan soltou um uivo abafado de fúria.

— Ei, Amir. — Alex apontou para a calça necromântica. — Tira tudo.

— Alex! — gritou Sam, corando.

Alex revirou os olhos.

— Eu quis dizer que é para tirar logo a calça... no provador, claro — acrescentou ele quando Sam ficou ainda mais vermelha. — Toma, segura a coleira do Stan.

Ele deu a ponta do garrote para Sam, pegou a lança dela e me seguiu até o provador. Ergueu a sobrancelha ao ver a pilha de moedas de ouro e se virou para mim.

— Fica parado.

— O que você... *Ei!*

Com três movimentos rápidos da ponta da lança, próximos demais de onde não devia, Alex cortou a calça das minhas pernas. Acho que a magia da luz superou a das trevas de novo.

Os pedaços caíram em pilhas de pele morta, que logo se desintegraram e viraram pó.

— Ah. Esse não é o tipo de coisa que se vê todos os dias. — Alex olhou para a minha cueca boxer e fez uma careta. — Nem isso aí. — Ele jogou a calça jeans para mim e se virou, para eu me vestir com certa privacidade.

— O que te fez desconfiar? Do Stan? — perguntei.

— Umas coisinhas — respondeu Alex. — Ele se referiu ao Blitzen como *o anão* e alegou que você não tinha aparecido aqui. Como eu sei que você morre de medo da Sam...

— Eu não morro de medo!

— ... achei improvável você ter desistido das compras. Por isso, testei a história dele e liguei para o seu celular. Quando ouvi o meu toque, eu soube que ele estava mentindo. Mas a maior pista foi ele ter se recusado a me vender alguma coisa. Fala sério. — Ele indicou o colete rosa de casimira e a calça verde-limão justa. — Um vendedor de roupas de verdade teria visto cifrões assim que eu entrasse na loja. — Ele empurrou as moedas de ouro com a ponta da bota rosada. — Mas parece que ele já tinha todo o ouro de que precisava.

— E tinha mais de onde esse aí veio. — Eu estremeci. — Ele ia me usar como caixa eletrônico particular. Para sempre.

— Cara. — Alex colocou a mão no meu ombro na tentativa de me reconfortar. — Isso seria horrível.

— Se vocês estiverem prontos, rapazes — gritou Sam —, eu gostaria de ligar para o Blitzen e ver se ele está bem. Também quero falar com Odin. Ele vai saber o que fazer com esse esquisitão.

— Espera. — Eu peguei as moedas do chão. — Vou levar isso para o Espaço Chase — falei para Alex, me referindo ao abrigo para crianças sem-teto do nosso amigo Magnus. — Uma doação anônima para as crianças. Menos esta. — Botei uma moeda no balcão ao lado da caixa registradora, peguei a calça azul-marinho, uma camisa de seda rosa e um colete quadriculado combinando. Samirah escolheu a gravata.

— Eu ainda acho que estava arrasando com o smoking — falei enquanto botávamos as minhas compras em uma sacola.

— Ah, Amir... — Ela sorriu com candura e se aproximou, fazendo meu coração disparar. — Se algum dia você vestir aquilo de novo — sussurrou ela —, eu vou te esfolar vivo.

NÍDAVELLIR

Essa minha luz suave, que ela nunca se apague

BLITZEN

PEGAR MATÉRIA-PRIMA no meu apartamento em Nídavellir era a primeira coisa na minha lista de tarefas do dia. Sabe o que não estava na minha lista? Fugir de um anão furioso em uma cadeira de rodas com propulsores a jato. Mas lá estava eu, correndo pelas ruas escuras do meu mundo com Eitri Júnior, meu velho inimigo (e com isso quero dizer velho *mesmo* — o sujeito estava a um passo da fossilização), logo atrás. Aparentemente, ele ainda estava de bode porque eu o venci em uma competição recente de forja. Ou porque eu ganhei sabotando os itens dele. De qualquer modo, ele era um mau perdedor.

— Estou te alcançando! — chiou ele. — Estou... *Ahhh!*

O grito de Júnior se misturou ao som de borracha queimando. Ele passou voando por mim como um borrão, agarrado nos braços da cadeira de rodas com tanta força que parecia que a vida dele dependia daquilo. E talvez dependia mesmo, pois a cadeira parecia descontrolada. Correção: estava definitivamente descontrolada.

Bum! Júnior bateu de frente numa forja apagada. A cadeira quicou para trás e tombou, as rodas girando e os propulsores cuspindo na terra. Ele parecia atordoado, mas saiu ileso. Anões vieram correndo de todas as direções.

Essa era minha chance de ir embora. Eu ainda precisava de algumas coisas do meu apartamento, mas não fui lá. Se Júnior fosse atrás de mim de novo, seria o primeiro lugar onde ele procuraria. O que ele poderia fazer se me encontrasse... Bom, vamos dizer apenas que anões vingativos não são lá muito piedosos, e eu não estava com meu colete de cota de malha.

Correndo de uma viela para outra, fui me embrenhando por um labirinto de ruas desconhecidas. Em determinado ponto, caí de cara numa poça de lama e estraguei completamente meu sobretudo lilás. Quando parei para recuperar o fôlego, reparei que estava numa parte de Nídavellir que nunca tinha visto. Parecia aquela área sinistra do centro de Boston que eu sempre dizia para Magnus evitar.

Levantei a gola e saí andando. Pedir instruções para chegar ao meu bairro estava fora de cogitação. Os poucos anões pelos quais eu passava evitavam fazer contato visual ou debochavam grosseiramente do meu casaco sujo de lama. Para ser justo, eles teriam debochado mesmo que estivesse limpo. Os anões não entendem nada de moda.

Cheguei a uma taverna sem janelas. Sons agudos abafados vinham lá de dentro. Não era o melhor dos abrigos, mas ainda era preferível a vagar pelas ruas sem destino. Entrei.

O interior era mal iluminado até para os padrões de Nídavellir, exceto pela fileira de máquinas de pachinko. Um cruzamento entre pinball vertical e dispensador de chicletes, elas piscavam luzes coloridas extravagantes que contrastavam horrivelmente com a madeira escura e a decoração de xadrez vermelho. Ver aqueles jogos trouxe de volta lembranças dolorosas de uma pessoa com quem tive uma conexão... e de quem pretendia permanecer desconectado. E também havia o cheiro; precisei usar toda a minha força de vontade para não encostar o lenço no nariz quando me sentei no bar.

O atendente estava na extremidade do balcão, polindo a parte interna de uma caneca de metal. Levantei um dedo para chamar a atenção dele.

— Ei, amigão, será que você pode me dizer como chegar até a praça Kenning?

Ele cuspiu na caneca e continuou a limpá-la com o trapo imundo.

— Joga, bebe ou cai fora.

— Jogar? Ah, o pachinko? É que eu não sou de jogar.

— Joga, bebe ou cai fora.

— Também não sou de beber.

— Joga, bebe ou…

A porta se abriu, e um anão de cara franzida entrou no local. Meu coração despencou. Era um dos amigos do Júnior.

Desci do banco.

— Quer saber? Acho que vou jogar. — Fui correndo até uma máquina num canto e inseri uma moeda.

O tabuleiro ficou escuro.

— Mas o que…?

Um anão extremamente baixo mas bastante musculoso surgiu das sombras. O fio da máquina estava na mão dele.

— Você me deve uma moeda — falei, com mau humor.

O fortão minúsculo chegou mais perto e ameaçou minha cintura com uma cara amarrada.

— Tem alguém que quer ver você — disse ele.

Desviei o olhar para a frente do bar, onde o capanga do Júnior estava interrogando o barman.

— Se for aquele cara, não estou interessado.

O anão parrudo me encarou, chutou uma porta secreta ao lado da máquina e chegou para o lado, abrindo caminho.

— Nos fundos. Agora.

Eu teria recusado, mas ouvi o barman dizer:

— Sim, ele está aqui. Agora joga, bebe ou cai fora.

— Certo. Nos fundos. Agora.

Passei correndo pela abertura. A porta se fechou com um clique baixo às minhas costas.

A sala dos fundos estava tão escura quanto o próprio bar. Uma mesa de carvalho enorme, muito bem entalhada, por sinal — obviamente uma peça única —, ocupava a maior parte do espaço. Atrás dela havia uma cadeira de couro com botões de metal feita à mão, virada de costas para mim.

— Hã, oi? — falei, hesitante. — Você queria me ver?

A cadeira girou com lentidão angustiante. Eu prendi a respiração, esperando para ver quem estava sentado nela. Estava vazia.

— Ha, ha, muito engraçado. Me pegou, quem quer que você seja.

Uma risada gorgolejante veio da parede lateral. Um holofote se acendeu de repente, iluminando um aquário grande. Mas não havia peixes lá dentro. Só uma cabeça decepada e de queixo barbado boiando na água ao lado de um baú de tesouro de plástico.

Eu gemi.

— Mímir. Eu devia ter imaginado.

Mímir, um deus antigo e meu empregador ocasional, já tinha tido um corpo. Mas tentou pregar uma peça nos vanires. Ele deu um conselho sábio por meio de Honir, o deus da indecisão, e os fez pensar que ele era um sábio. Quando os vanires descobriram a farsa, decapitaram Mímir. Ele sobreviveu do pescoço para cima graças à magia de Odin e às águas do Poço da Sabedoria, nas raízes de Yggdrasill. Ele ainda ficava por lá, distribuindo informações para suplicantes em troca de promessas de servidão. Eu tinha sido servo dele por alguns anos (longa história), mas mesmo agora que eu estava livre, ele ainda me procurava às vezes em outros corpos de água, normalmente para estragar o meu dia.

A cabeça flutuou até a superfície.

— Oi, Blitz — disse Mímir. — Quanto tempo. Sente-se. A gente tem umas coisas para discutir. Foi por isso que eu trouxe você até aqui.

— O que você quer dizer com "trouxe você até aqui"?

Mímir soltou bolhinhas quando deu uma risadinha.

— Uma pequena sabotagem numa cadeira de rodas, um pouco de manipulação mágica de certas vielas e *tcharan!*, aqui está você. Senta na cadeira e presta atenção.

Eu me empertiguei no meu 1,65 metro de altura.

— Odin me libertou dos seus serviços, lembra?

Mímir espalhou água com irritação.

— Sei, sei, sei. A questão é que os mundos podem correr perigo se você não ouvir o que quero lhe contar. *Agora* você está interessado no que tenho a dizer?

Eu bufei e me sentei na cadeira de couro. *Por que eu?*

— Estou ouvindo.

— Certo. Já ouviu falar de um anão chamado Alviss?

— Não.

— Uma praga. Ele está planejando matar Thor porque ia se casar com a filha dele, Thrud. Só que Thor mudou de ideia no último minuto e petrificou o sujeito. Alguém resolveu o problema do Alviss com um pouco de água, e agora ele voltou ao normal, *furibundo*. Quando ficou sabendo que Thor viria para Nídavellir na corrida pelos nove mundos...

— Corrida pelos...? — Eu levantei a mão. — Deixa pra lá. É o Thor. Eu nem devia perguntar.

— Como eu estava dizendo, Alviss está planejando se vingar.

Mímir mergulhou até o baú de tesouro e, usando o queixo, apertou um botão para abri-lo. De dentro pulou um cartão, que ele pegou com os dentes, levou até a superfície e o ofereceu a mim.

Eu o peguei dos dentes dele com cuidado. Era um mapa plastificado de Nídavellir.

— Está vendo esse *X*? — perguntou Mímir. — Minhas fontes dizem que é onde Alviss vai atacar. Esteja lá. Impeça o ataque. Estimo que você tenha duas horas para elaborar um plano para salvar o deus do trovão.

— Eu, salvar Thor? — respondi com deboche. — Ele sabe se cuidar!

Mímir cuspiu água.

— Você não entende! Precisa fazer o trabalho sem que Thor perceba que estava em perigo. Isso significa contato zero com o deus do trovão. Você não pode nem chamar o nome dele. Se descobrir sobre Alviss, ele pode ficar com tanta raiva que é capaz de explodir *todos* os anões… *bum!*

Antes que eu pudesse fazer mais perguntas, tipo por que as fontes dele não podiam elas mesmas lidarem com Alviss, Mímir puxou um plugue no fundo do aquário com os dentes e foi sugado pelo ralo, me deixando com um mapa pingando e sem qualquer ideia do que fazer. E eu continuava sem a moeda da máquina de pachinko.

Pelo menos consegui voltar ao meu apartamento em segurança, graças às instruções do minúsculo anão capanga. Quando entrei, observei o mapa. Reconheci a localização marcada pelo *X*: um penhasco íngreme com vista para um rio no qual eu tinha caído uma vez com meu amigo

Hearthstone. Fomos parar no Poço da Sabedoria de Mímir, que foi como acabamos tendo que servi-lo.

Saber a localização de *X* foi o lado positivo da situação. O negativo foi que o único jeito de impedir Alviss em que consegui pensar (fora matá-lo ou feri-lo, o que eu não ia fazer; eu já tinha inimigos demais em Nídavellir) foi replicar o que Thor fez e petrificá-lo. Depois, eu poderia revivê-lo com água corrente quando o deus do trovão estivesse fora de perigo.

Só havia um problema: petrificação precisava de luz do sol, coisa que não havia em Nídavellir.

Bom, na verdade, havia dois problemas: se a luz do sol me atingisse, eu também viraria estátua. Uma estátua bem-vestida, mas, ainda assim...

Andei pelo apartamento. Fiz um lanchinho. Andei mais um pouco. Olhei a hora. Entrei em pânico. Andei mais um pouco.

— Luz do sol. Onde vou arrumar luz do sol?

Procurei inspiração na sala. Peguei um Expande-Pato, meu pato de metal feito à mão que atrapalhava os inimigos por ficar de um tamanho imenso e esmagá-los. Mas resolveria meu problema com Alviss? Eu achava que não.

Ainda segurando o pato, meu olhar pousou na câmara de bronzeamento artificial de Hearthstone. Meu amigo elfo usava a luz ultravioleta para ficar saudável quando ia me visitar. Olhei do pato para a câmara e para o pato de novo. De repente, as engrenagens no meu cérebro começaram a girar.

— E se eu construísse uma versão menor da câmara de bronzeamento — perguntei ao pato —, mas alterasse a luz para que, em vez de um brilho quente e suave, ela disparasse um raio concentrado poderoso de luz do sol quando eu a abrisse? Poderia dar certo, né?

Fiz o pato assentir e comecei a trabalhar.

Quarenta e cinco minutos depois, eu tinha construído uma réplica portátil perfeita da câmara de Hearth. Quando abri a tampa, virada para longe da minha cara, um raio de luz brilhante saiu. Eu a fechei rapidamente.

— Acho que não vai fazer muito sucesso em Nídavellir — admiti. — Mas, com sorte, vai servir.

Sem tempo a perder, selecionei um traje estiloso de ninja no meu armário: uma calça jeans skinny escura e um casaco de casimira preta com capuz e bolso na frente para a minicâmara, e corri para a beira do rio. Eu me escondi nas sombras.

Mas ou Alviss tinha desistido ou as fontes de Mímir se enganaram, porque ninguém, nem anão raivoso nem deus corredor, apareceu.

Ou foi o que eu pensei.

Arranha-arranha.

Nídavellir é um mundo subterrâneo com tetos altos e abobadados em vez de céu. Aquele som tinha vindo de cima. Olhei para o alto e vi um anão pendurado em uma estalactite. Tinha a ponta de uma corda enrolada na cintura; a outra estava presa a uma segunda estalactite na sua frente, diretamente acima da rua em que Thor provavelmente passaria correndo. No cinto de Alviss havia um porrete maior do que ele.

Não precisava ser nenhum gênio para entender seu plano: se balançar como um pêndulo e bater na cabeça de Thor.

Isso oferecia dois problemas inesperados para o meu plano. Primeiro, eu não sabia qual era o alcance do meu raio de sol. A escuridão de Nídavellir talvez engolisse a luz antes que conseguisse chegar a Alviss no teto. Eu teria que esperar que ele se balançasse. Isso significava acertar um alvo em movimento. O segundo problema era que, supondo que eu petrificasse o anão, ainda tinha que me certificar de que ele passaria por cima de Thor, e não simplesmente trombasse nele.

Um terceiro problema surgiu. O chão começou a tremer com baques regulares, o que queria dizer que meu tempo estava acabando.

— *Thor.* — O sussurro furioso de Alviss ecoou nas paredes da caverna.

Com o coração disparado, eu preparei a minicâmara. Os passos chegaram mais perto. Thor trovejou por uma curva ao longe. Vê-lo com a roupa de couro apertada quase me fez torcer por Alviss.

— Um-dois. Um-dois. Um-dois-três. Um-dois. Um-dois--três — murmurou Thor num tom monótono.

Com os olhos grudados em Alviss, eu me agachei. Thor chegou mais perto. Bufei algumas vezes para me preparar. Então…

— *Iaaaaaaa!*

Com um grito triunfante, Alviss soltou a estalactite. Ao mesmo tempo, me joguei no caminho de Thor. Eu me encolhi, rolei e por uma fração de segundo tive um vislumbre horrendo das partes íntimas divinas cobertas de couro, antes de ele tropeçar em mim.

— Um. Dois. Um-dois-*opa!*

Thor tombou para a frente na hora em que Alviss passou por cima da cabeça do deus, se balançando com tudo. O porrete do anão errou o alvo. Thor se levantou e continuou correndo.

— Um. Dois. Um-dois-três…

Eu tinha violado a instrução de contato zero, mas o deus do trovão parecia alheio à minha presença, então não havia problema. Quanto ao anão assassino…

— *Nããããão!*

Balançando o porrete, Alviss chegou ao ponto mais alto da trajetória e voltou gritando.

Eu abri a minicâmara.

Zap!

O grito de Alviss foi interrompido. Vi o anão agora petrificado passar.

Sei bem como é ser petrificado. É horrível. Por isso, tinha toda a intenção de soltar Alviss na passagem seguinte e o mergulhar no rio para restaurá-lo. Mas, antes que eu pudesse, a estalactite onde a corda estava presa se quebrou. O impulso de Alviss o levou por cima da beirada do precipício. Ele caiu com um *splash* na água abaixo.

— Ops. — Olhei para baixo e balancei a mão, tranquilo. — Ah, ele vai ficar bem.

— *Blitzen!* — Júnior apareceu de repente. Veio na minha direção com o andador impulsionado por foguetes e muitos amigos. — Peguem ele, rapazes!

— Rá! Come luz, Júnior!

Eu libertei o poder da minicâmara.

Infelizmente, em vez de um raio laser que transforma em pedra, um brilho fraco envolveu Júnior, como um cobertor macio. A bateria tinha acabado. Uma casca fina se formou em volta dele. Não foi tão dramático quanto à petrificação imediata, mas foi assustador o suficiente para fazer os outros anões hesitarem.

E isso me fez pensar sobre a imagem que eu estava passando. Um anão que cria armas para petrificar outros anões? Nada legal.

— Escutem! — gritei. — Meu problema é com Júnior, não com vocês. Quando ele voltar ao normal, digam que quero conversar.

Botei a minicâmara no chão e mostrei as mãos vazias enquanto recuava lentamente.

Teria sido uma cena muito poderosa, se eu não tivesse tropeçado na beira do penhasco e caído no rio. Enquanto eu me debatia na água agitada em direção à margem, três coisas passaram pela minha cabeça. A primeira: Júnior não me perdoaria nunquinha. A segunda: meu casaco de casimira estava destruído. E a terceira... Mímir me devia bem mais do que uma moeda.

ÁLFAHEIM

Falando em trolls...

HEARTHSTONE

— PRONTO PARA a próxima?

Eu li a pergunta nos lábios de T.J. e assenti. Ele empurrou um cartão com um palavrão manuscrito por cima da mesa e me observou com expectativa, sorrindo de orelha a orelha.

Achando graça, abri a mente e me concentrei na runa *dagaz* que tinha na mão. A magia fluiu por mim como água por um riacho cheio de rochas. A pedra ficou quente, e eu sinalizei um palavrão. Senti vibrações de som no ar, e T.J. caiu de volta na cama, berrando de tanto rir.

Olhei para ele e sinalizei duas palavras: *Se controla.*

— Tá certo. Desculpa. — T.J. sorriu. — É que... ouvir palavrões saindo do nada assim me faz morrer de rir.

Eu nunca tinha ouvido o som de vozes. E raramente emitia sons, fora uma ou outra inspiração intensa. Só que comunicação nunca foi problema. Meus melhores amigos, Blitzen, Magnus e Sam, sabiam linguagem élfica de sinais, e nós conversávamos com facilidade. Quando havia necessidade, eles traduziam para mim.

Mas agora eu estava passando mais tempo no Hotel Valhala. Muitos einherjar não sabiam ou não pareciam interessados em aprender linguagem élfica de sinais (só T.J., que achava que precisava aprender mais xingamentos para competir com Mestiço e Mallory). Blitz, Magnus e Sam não estavam sempre por perto para traduzir, e eu tinha um desprazer intenso em escrever minhas palavras para os outros lerem. Porque sim.

Assim, inventei um jeito diferente de me comunicar: magia de runas usando *dagaz*, o símbolo que representa novos começos e transformações, para converter meus sinais em palavras faladas.

Uni a ponta dos meus dedos fechados: *Mais.*

T.J. assentiu e empurrou outro cartão na minha direção. Eu tinha acabado de abrir a mente quando o einherji quebrou minha concentração ao cutucar minha perna. Ele apontou para o aro fino e dourado no meu pulso e perguntou:

— Por que está brilhando assim?

A pulseira era um presente de Inge, uma adorável huldra, um ser dos bosques, tipo um espírito da floresta, com cauda de vaca e alguns poderes mágicos. Inge já tinha sido empregada da minha família em Álfaheim. Tinha sido escravizada, para ser mais preciso. Eu a liberei do serviço assim que pude. Como agradecimento, ela fez uma pulseira para mim usando fios do seu cabelo. Ela e a pulseira estavam conectadas por magia, explicara ela. Se eu tivesse algum problema, a pulseira enviaria um sinal para ela. Da mesma forma, se a pulseira piscasse, eu saberia que ela precisava de ajuda.

A pulseira estava piscando.

Alarmado, fiquei de pé em um pulo e enfiei a runa *dagaz* no bolso. T.J. segurou meu braço.

— Hearth! Está tudo bem?

Balancei a cabeça e me soltei. T.J. merecia mais explicações, mas não havia tempo. Eu tinha que ir para Álfaheim.

Peguei meu saco de runas e corri até o quarto do Magnus. Dentro havia um átrio que dava acesso direto a Yggdrasill, a Árvore do Mundo. Pulei nos galhos e subi até a entrada mais próxima do meu mundo. A última coisa que vi antes de atravessar foi T.J. me olhando confuso.

Logo eu estava flutuando pela luz solar intensa de Álfaheim. Bem abaixo ficava a pilha de destroços coberta de mato que tinha sido a casa da minha família. Mudei de direção para ir para longe dali. Não por eu lamentar sua destruição — na verdade, era o contrário: aquele lugar só despertava em mim lembranças infelizes —, mas porque eu sabia que Inge estaria em algum outro lugar. E, onde quer que estivesse, estaria encrencada. A pulseira transmitia essa mensagem piscando freneticamente. Eu temia que ela tivesse sido capturada e escravizada, o mesmo mal que minha família lhe fizera.

Pousei no gramado impecável de um parque pitoresco. As árvores frondosas, os lagos de patos, as cercas vivas aparadas... tudo ao meu redor transmitia perfeição, como quase tudo em Álfaheim. Chutei um torrão de grama só para deixar uma marca e saí atrás de Inge.

Só havia um problema: Álfaheim era enorme. Propriedades ricas como a mansão da minha família eram separadas por quilômetros de área verde intocada. Bairros planejados com moradias menores seguiam rua após rua, até onde a vista alcançava. Eu levaria semanas para localizá-la se fosse de porta em porta, e, mesmo que conseguisse encontrar a casa certa, era improvável que os donos admitissem que ela estava lá.

Portanto, segui minha intuição e atravessei o parque na direção do bairro mais rico. Achei que estava no caminho certo quando as luzes da pulseira começaram a piscar mais rápido. Só para ter certeza, mudei de direção. A pulsação parou. O show pirotécnico em miniatura voltou quando retornei ao caminho original. Dei um soquinho sutil no ar em comemoração e apertei o passo.

A pulseira me levou a uma mansão branca reluzente cercada por jardins verdejantes, gramados bem-cuidados e um muro de mármore polido com pedaços cintilantes de vidro em cima. Infelizmente, tinha uma guarita na frente do portão de ferro enorme, e escalar o muro estava fora de questão — assim como me esgueirar para procurar outra forma de entrar, porque, enquanto eu estava parado pensando em um plano, os dois guardas me viram. Eles eram velhos conhecidos meus, os elfos policiais Wildflower e Sunshine. E quando digo conhecidos, não quero dizer amigos.

Por que a polícia estaria vigiando aquela mansão?, eu me perguntei. Mas vi os uniformes simples e os cacetetes finos. Eles não eram mais policiais, e sim seguranças particulares. Sunshine e Wildflower devem ter perdido os distintivos depois da última vez que os vi, quando meu pai soltou um monte de *nøkks* neles. Valeu a pena voltar a Álfaheim só para presenciar aquilo.

Preferi a abordagem direta e andei até o portão como se tivesse o direito de estar lá. Os olhos dos guardas se arregalaram em reconhecimento e, notei com satisfação, também um toque de medo. Sunshine correu para dentro da guarita. Wildflower, enquanto isso, pegou um megafone e o levou à boca. Supus que ele estivesse gritando comigo, mas, como seus lábios estavam cobertos, não pude ler o que diziam. E, sim, ele sabia que eu era surdo. O fato de ele ter usado um megafone para se comunicar com uma pessoa que não conseguia escutar deve dizer algo sobre ele.

Sem diminuir o passo, peguei *gebo*, a runa que simboliza os presentes, de dentro do saco e a joguei em Wildflower. Ele se encolheu quando a pedra quicou em sua testa. Em seguida, piscou, se empertigou e me ofereceu o megafone.

Prendi o megafone embaixo do braço e encostei a ponta dos dedos no queixo para sinalizar *Obrigado* enquanto passava por ele a caminho do portão. Sunshine ficou na guarita, provavelmente tremendo nos coturnos. Encostei a runa *lagaz* na fechadura. Devo ter colocado um pouco de energia mágica extra nela, pois todo o portão de ferro fundido, não só a fechadura, se liquefez em uma poça de metal derretido.

Ops. Foi mal.

Na metade do caminho até a mansão, peguei a runa *dagaz*. Eu planejava amplificar minha magia de linguagem élfica de sinais para falar com o megafone e fingir ser um gigante que tinha ido buscar sua Inge perdida.

Esse plano desmoronou quando o chão começou a tremer. O palavrão do T.J. surgiu na minha mente quando olhei para trás e vi a causa dos tremores.

Sunshine devia ter chamado reforços. Era um troll enorme e horrendo. (Como uma criatura tão desagradável aos olhos tinha tido permissão para entrar e trabalhar em Álfaheim, não faço ideia.) Trajes de proteção contra o sol cobriam cada centímetro dele e tinham o logo da mesma empresa de segurança. Mesmo embaixo do macacão branco sujo dava para ver que ele tinha um peitoral enorme e pernas igualmente musculosas, e eu também via os dentes amarelos e os olhos injetados por baixo da viseira de plástico escuro que pendia do capuz, cobrindo o rosto. Os dedos grossos enluvados se flexionaram, como se estivessem coçando para envolver e espremer meu pescoço.

O troll veio para cima de mim como um rinoceronte raivoso. Um rinoceronte raivoso meio lento, mas mesmo assim.

Larguei o megafone e revirei o saco de runas atrás da runa de proteção *algiz*. Dando passos para trás como louco, eu a joguei nas botas enormes do troll. Um escudo cintilante de energia surgiu. O troll trombou nele como um carrinho de bate-bate e caiu com a bunda ampla no chão, que tremeu tão violentamente que eu quase caí.

Ele não ficou caído por muito tempo. Com um rugido tão poderoso que pude sentir as vibrações sonoras, o troll deu um soco na viseira e veio para cima de mim de novo.

Eu o ataquei com tudo que tinha. *Isa*, a runa do gelo, o atrapalhou ao transformar o caminho de pedras da mansão em um rinque de patinação. Ele pisoteou com a bota e quebrou o gelo e as pedras embaixo. Joguei o símbolo *uruz* acima do troll, e um boi muito surpreso caiu na cabeça dele. A criatura deu um peteleco no animal como se fosse uma bolinha de algodão e o jogou voando, balançando as pernas, num lago próximo. Usando minha runa *hagalaz*, mandei granizo do tamanho de laranjas nele; em seguida, o cobri de chamas que conjurei com a runa *kenaz*. Mas ele continuou vindo.

Depois de usar tantas runas, eu estava ficando exausto. Virei numa lateral da casa e me escondi atrás de uma roseira para recuperar o fôlego. Era um lugar seguro, embora cheio de espinhos, e ganhei tempo para revirar a memória em busca da fraqueza de um troll.

Mas não encontrei nada. Enquanto estava agachado atrás da planta, esperando o troll me matar, os nomes que meu pai usava para me chamar ecoaram na minha cabeça. *Imprestável. Desgraça. Burro.*

Eu estava correndo o risco de cair em uma espiral de vergonha quando lembrei. *Nomes.* A melhor arma contra um troll é descobrir seu nome verdadeiro. Como uma senha, falar o nome de um troll em voz alta destrava o caminho para além das defesas naturais dele: a pele grossa, a cabeça dura, o mau hálito.

Tudo bem, pensei. *Agora, como eu faço para que ele me diga o nome dele?* Perguntar não funcionaria. Mesmo que aquele troll entendesse linguagem élfica de sinais, eu duvidava que ele fosse tão burro a ponto de responder à pergunta. Mas aí lembrei onde estava: não na roseira, mas em Álfaheim.

Os elfos gostavam de se sentir superiores aos outros, uma habilidade que meu pai tinha apurado até ficar afiada como uma faca. Talvez um troll que morasse aqui fosse igual. Se eu conseguisse fazê-lo se gabar, talvez acabasse soltando o nome sem querer.

Toquei na pulseira de Inge para ter coragem e saí de trás do arbusto. O troll se aproximou, os braços preparados e os dedos enluvados esticados na direção do meu pescoço. Levantei as mãos em rendição. Meu coração disparou antes de ele baixar as grandes mãos.

— Que truque é esse? — rugiu ele.

Fingi confusão, apontei para os ouvidos e balancei a cabeça.

O troll fez uma expressão de desprezo.

— Ah, sim. O elfo surdo que faz magia. Ouvi falar de você. O moleque do sr. Alderman, não é?

Por meio de leitura labial e alguns palpites, entendi a essência do que ele falou, mas franzi a testa como se não tivesse entendido nada.

O troll andou em volta de mim, ainda desconfiado. Os olhos se desviaram para meu saco de runas. Com um movimento surpreendentemente rápido, ele o arrancou das minhas mãos.

— *Rá!* Agora você está surdo *e* sem poder nenhum! — Com um sorriso de superioridade, ele balançou o saco fora do meu alcance.

Eu me encolhi como esperado, mas continuei observando os lábios dele.

— Ah, sim! — Ele prendeu o saco no cinto. — O que tem dois polegares e acabou de derrotar o poderoso Hearthstone? — Ele apontou para si mesmo com os polegares. — Este troll aqui! E agora este troll vai se divertir um pouco.

Seu rosto assumiu uma expressão de solidariedade, e ele se inclinou para a frente, as mãos nos joelhos, para olhar nos meus olhos.

— Eu vou fingir que estou em dúvida se vou te matar. Primeiro, vou ganhar sua confiança. — Ele arrancou uma rosa e a estendeu para mim com uma expressão encorajadora.

Fingi um olhar de esperança e a peguei.

O troll sorriu e deu tapinhas na minha cabeça.

— Não é legal? O mais legal é como eu vou te matar. — Ele gesticulou como se estivesse abrindo uma garrafa com tampa de rosca e bebendo o conteúdo. — Eu vou girar sua cabeça no seu pescoço e depois vou beber todo o seu sangue. *Nham, nham.* — Ele estalou os lábios e me ofereceu um gole da garrafa imaginária.

Com um sorriso hesitante, aceitei e fingi tomar um gole, mas, por dentro, eu estava morrendo de medo. Fingir beber o próprio sangue do próprio corpo decapitado causa esse efeito.

— E sabe o que eu vou fazer depois? — continuou o troll. — Vou colocar sua cabeça numa vara e prender no meu colete, para todo mundo saber que eu, Siersgrunnr, o Magnífico, superei o famoso elfo surdo portador de magia!

Eu quase me entreguei nesse momento, e não só porque o troll tinha deixado o nome escapar. Traduzido de forma literal, Siersgrunnr significa Bunda de Queijo. Tente ler isso nos lábios de alguém e não rir.

Mas enfiei a mão no bolso e peguei a runa *dagaz.* Com a outra mão, apontei para mim mesmo e para o portão aberto. *Posso ir?*

— Você quer ir embora? Ah, claro, claro. Eu não me importo de te matar quando você estiver de costas. — Ele fez um gesto para me apressar.

Com o coração disparado, andei alguns passos na direção da saída. Eu não tinha intenção de ir embora. Só queria chegar mais perto do megafone.

A runa *dagaz* estava esquentando na minha mão. Era agora ou nunca. Eu me virei para olhar para o troll. Arregalando os olhos, apontei para alguma coisa por cima do ombro dele. O truque mais velho do mundo... e ele caiu.

Em uma sequência fluida, peguei o megafone, apertei o botão de ligar, joguei *dagaz* no ar e falei o nome do troll bem rápido em linguagem élfica de sinais.

— *Siersgrunnr*!

Bunda de Queijo se virou, o rosto se contorcendo com um medo repentino. Ele sabia que estava mais fraco agora que o nome dele tinha sido pronunciado.

— Quem... quem disse isso?

Larguei o megafone e apontei para mim mesmo com os dois polegares. Em seguida, corri e peguei meu saco de runas. A pedra *tiwaz*, a runa de Tyr, deus da guerra, praticamente pulou nos meus dedos. Usei-a para transformar a rosa em uma clava coberta de espinhos. Um golpe acertou o troll nos joelhos. Um segundo o fez cair inconsciente.

Quando se deram conta de que não podiam mais se esconder atrás do Bunda de Queijo, Wildflower e Sunshine vieram correndo da guarita, os cacetetes a postos. Mas a ameaça dupla da minha bolsa de runas e da clava coberta de espinhos os fez voltar correndo de volta para o portão… e para as colinas depois do portão.

Minha pulseira cintilou.

Inge.

Subi os degraus na entrada da casa e bati na porta com a clava.

Alguém lá dentro devia ter visto tudo. A porta se abriu, Inge foi empurrada para fora e a porta foi fechada. Inge pulou nos meus braços.

Depois de um momento, eu recuei e perguntei: *Você está bem?*

Ela assentiu e sinalizou a resposta: *Você foi brilhante. Eles ficaram apavorados. Eles…*

De repente, ela parou e olhou para um ponto atrás de mim, em choque. Tremores sacudiram o chão. O troll tinha acordado? Eu me virei e me coloquei na frente de Inge.

Mas em seguida relaxei. O troll ainda estava caído onde eu o tinha deixado. Os tremores eram de uma fonte diferente, mas igualmente perturbadora: Thor.

— Oi, sr. Elfo, sra. Huldra! — gritou ele quando passou correndo.

Oi, Thor, sinalizei. *Que short bonito.*

Thor parou e apontou para os fones de ouvido.

— Desculpa, estou ouvindo rochas! Acho que você devia usar o megafone.

Ou sinalizar mais alto.

— Acrescentar rosca bíceps para um treino completo? — Thor levantou o martelo, Mjölnir. — É uma sugestão digna, sr. Elfo! Bom, adeus!

Thor saiu correndo.

Normalmente, eu iria embora de Álfaheim com a mesma rapidez que ele. Mas, daquela vez, não me importei de ficar mais um pouco. Talvez tivesse sido o sucesso da magia *dagaz* ou ter conseguido derrotar um troll sozinho.

Mas eu desconfiava que o rosto sorridente de Inge tinha alguma coisa a ver com aquilo.

JÖTUNHEIM

A física que aprendi no oitavo ano acaba sendo útil

SAMIRAH AL-ABBAS

— SUPONHO QUE VOCÊ SAIBA por que a chamei aqui, Samirah. — Odin se recostou na cadeira da escrivaninha e me olhou com expectativa.

Eu me forcei a permanecer calma.

— Hum, se foi porque liguei para você sem querer quando minha bunda apertou a tela do telefone durante a aquisição daquela einherji agorinha, eu posso explicar. Ela estava se debatendo muito e meu celular estava no bolso de trás e…

Odin ergueu a mão para me silenciar.

— Admito que ouvir sua luta foi… perturbador. É uma quantidade excessiva de grunhidos e xingamentos. Lembrou meu seminário de treinamento de sobrevivência com Bear Grylls, que, por sinal, não é um urso, apesar de *bear* ser urso em inglês. Enfim, estou divagando. — Ele se inclinou para a frente sobre a mesa. — Tenho um novo trabalho para você.

Um arrepio de emoção subiu pela minha espinha. Desde que me tornei a valquíria de Odin encarregada de missões especiais, já executei várias tarefas perigosas. Sem dúvida a próxima seria tão desafiadora quanto as anteriores.

— O que você precisar, lorde Odin — respondi, com fervor. — Sou sua valquíria.

Ele assentiu com satisfação.

— Excelente. — Ele abriu uma pasta e empurrou uma fotografia granulada por cima da mesa. — Me diz, o que você vê aí?

Observei a imagem com atenção.

— É um ovo.

Ele girou as mãos, me encorajando a continuar.

— Um ovo vermelho. Em um ninho.

— Exatamente. Mas não um ovo qualquer. — Ele pegou um controle remoto e apertou um botão. Uma tela de vídeo desceu do teto cheio de lanças até parar num determinado ponto. Ele apertou outro botão. Imagens de lobos, gigantes, deuses e armas surgiram na tela. E um título:

Os sinais do Ragnarök: O Juízo Final vai chegar quer você saiba disso ou não.

Gemi em pensamento. Já tinha assistido ao vídeo de instruções de Odin quando me tornei valquíria. Vi-o uma segunda vez depois que ajudei a prender novamente o temido assassino lobo Fenrir em Lyngvi, a Ilha das Urzes. E novamente depois que ajudei inadvertidamente meu pai, Loki, um trapaceiro cruel, a fugir da prisão. E depois que Loki foi recapturado? Sim, eu vi o vídeo de novo.

Para meu imenso alívio, Odin adiantou para depois dos primeiros sinais de aviso: a morte do seu amado filho Balder, os três anos de neve e gelo infinitos conhecido como Fimbulvetr e os lobos que engolem o Sol e a Lua. Ele parou em uma imagem de três galos.

— De acordo com todas as fontes, um dos sinais do Ragnarök é o cacarejo desses três galos. — Ele envolveu cada ave com uma luzinha de laser enquanto os identificava. — Gullinkambi, que vai nascer bem aqui, em Asgard. Fialar, cujo ovo reside em Jötunheim. E Anônimo, a futura ave maligna de Helheim.

Levantei a mão com hesitação.

— Com licença, senhor, só para entender. O nome do galo é Anônimo?

— Não tem nome, então eu o batizei de Anônimo.

— Ah.

Odin se levantou e andou pela sala.

— Em uma varredura recente dos nove mundos, confirmei que Gullinkambi e Anônimo ainda estão em forma de ovo, o que é bom… *muito* bom, porque é improvável que eles sejam os arautos do Ragnarök ainda dentro das cascas. — O olho azul penetrante se desviou para mim. — É o terceiro ovo que me preocupa.

Eu peguei a foto.

— O ovo de Fialar. Em Jötunheim.

— Essa foto foi tirada três meses atrás por… bom, você não precisa saber disso. Mas agora os gigantes da terra bloquearam minha visão do ninho com ilusões. Desconfio que estejam escondendo alguma coisa de mim. É aí que você entra.

Meu coração pulou de empolgação. Odin estava me enviando para lutar com os jötunns em Jötunheim! Dei um pulo da cadeira e conjurei minha lança de luz, que ardeu de expectativa.

— Não vou decepcionar o senhor! Vou cuidar daqueles gigantes *e* da maldita magia deles!

— Ah. Não. — Odin me entregou uma câmera de valquíria. — Preciso que você tire uma foto nova do ovo. Para eu ver se está começando a chocar.

A luz da minha lança ficou um pouco mais fraca.

— Ah.

Ele ergueu uma das sobrancelhas.

— É um trabalho importante. Provavelmente cheio de perigo.

— Ah, claro — concordei. — Tirar uma foto de um ovo em um ninho seria perigoso… obviamente. Estou indo, então.

— Leve a montaria, se quiser. Mas você vai precisar ser discreta. Não quero que os gigantes saibam que você esteve lá. E isto é um aviso, Samirah: seu hijab mágico pode ser inútil em Jötunheim. No território deles, os gigantes conseguem ver através desse tipo de magia.

Meu hijab tem a capacidade de camuflar a mim e mais uma pessoa. Estar escondida dos inimigos já foi bem útil no passado. Mas parecia que não adiantaria daquela vez.

Assenti para mostrar que tinha entendido e parti com a foto e a câmera.

Minutos depois, eu estava voando sobre a terra dos gigantes em uma égua feita de névoa. Eu já tinha ido a partes de Jötunheim e usei marcos familiares para me situar, como as ruínas onde uma família particularmente horrível de gigantes já havia morado. Como não vi nem ovos nem ninhos naquela região, expandi os parâmetros de busca.

Finalmente, vi o ninho em cima de uma colina cercada por uma floresta. Parecia com a foto que Odin tinha me mostrado: um amontoado de folhas, gravetos, grama e o que eu esperava muito que não fosse cabelo humano. Mas era bem maior visto de perto, do tamanho de uma piscina acima do nível do chão. O vão do ninho era fundo. Se o ovo estava lá dentro, não dava para ver dali. Fiz a égua seguir em frente e desmontei em uma clareira distante. Ela deu uma olhada nas árvores e disparou de volta para o céu.

Eu não a culpava. As árvores eram incrivelmente sinistras, pretas e retorcidas, com trepadeiras grossas subindo pelos galhos. Quando andei por um aro de trepadeira balançando no vento, lembrei-me do nome da floresta, de um livro infantil antigo sobre Jötunheim: Bosque-forca. Estremeci e continuei andando em direção à colina.

Controle-se, Sam, pensei, repreendendo a mim mesma. *São só... Ah, Helheim,* praguejei enquanto me abaixava.

Um gigante estava vindo do outro lado da colina. Era alto, do tamanho de um arranha-céu. Os músculos saltavam sob a camisa e a calça escuras. O cabelo grisalho rareando estava raspado curto. O interessante era que ele tinha uma harpa de ouro pendurada no cinto em vez de uma arma.

Cruzei os dedos e torci para ele estar só de passagem. Mas ele se sentou no ninho como uma galinha e acomodou a harpa com cuidado ao lado.

— Toca! — ordenou ele.

A harpa na mesma hora começou a tocar uma melodia. O gigante limpou a garganta e cantou.

Eu sou o Paidovo,
O ovo eu protejo
Se você chegar perto,
Vou quebrar seu queixo.

Minha boca ficou seca. O gigante tinha me visto?

Vou arrancar seus olhos
E dar um soco no seu pescoço.
Espremer seu sangue num copinho
Pra fazer um drinque gostoso.

Apesar da letra horrível, relaxei. O "você" na música do Paidovo não parecia direcionado a mim. Assim esperava, pelo menos.

Ainda assim, eu estava em um dilema. Enquanto o menestrel de Bosque-forca estivesse sentado no ovo, eu não poderia tirar minha foto. Com o refrão vibrante de Paidovo ecoando nos ouvidos (*Esmagar, mutilar, estropiar, espremer/ Socar e chutar até você gemer*), voltei silenciosamente para a floresta para reconsiderar minhas alternativas. A primeira: eu podia voltar para Valhala e explicar para Odin por que tinha fracassado. A segunda: eu podia pedir a Paidovo para posar para uma foto com o ovo. A terceira: eu podia tentar bater em Paidovo antes que ele batesse em mim.

Eu estava pendendo para a segunda opção quando Paidovo parou de cantar e começou a roncar. Arrisquei uma espiada.

Ele estava em um sono pesado, com o queixo no peito e um filete de baba pingando da boca. Infelizmente, ainda sentado no ovo. Isso descartava a terceira opção, pois embora eu pudesse agora bater nele com facilidade, não havia a menor chance de eu tirar o corpo dele de cima daquele ninho. Eu sou forte, mas não tanto.

Então meu olhar pousou na harpa. Vê-la me lembrou de um conto de fadas antigo, "João e o pé de feijão". O gigante da história também tinha uma harpa de ouro que tocava sozinha. Quando João roubou a harpa, ela alertou o gigante tocando alto. (Eu sempre odiei aquela harpa por isso.) Algo me dizia que a harpa do Paidovo faria o mesmo.

Elaborei um plano. Usando as trepadeiras, eu me aproximaria, amarraria a harpa e sairia voando com ela. Minha égua de névoa teria sido ideal para essa parte, mas consigo fazer pequenos voos sozinha. A harpa cantaria, com sorte o gigante acordaria e provavelmente iria atrás dela, e então eu largaria a harpa, voltaria voando, tiraria a foto do ovo e voltaria correndo para Asgard.

Incrivelmente, tudo seguiu como planejado... até o momento em que tudo deu errado. O problema? Harpas de ouro são pesadas. Pesadas *mesmo*. Por sorte, ela também não tocou, embora eu tenha detectado um zumbido sonolento. Interpretei como um bom sinal de que se — quando — eu a desalojasse, ela soaria o alarme.

Voltei para o Bosque-forca a fim de ponderar sobre o problema.

Sabe quando você pensa que nunca na vida vai usar o que aprendeu na escola? Bom, uma aula de física de oitavo ano sobre como mover objetos pesados com uma corda salvou o dia. Basicamente, um objeto pesado pode ser movido ao se prender uma das pontas de uma corda ao objeto, a outra a um objeto fixo e imóvel e então puxando o ponto central da corda.

Uma ponta da minha corda de trepadeira já estava amarrada na harpa. Amarrei a outra ponta em uma árvore robusta no pé da colina. Em seguida, enrolei o hijab na cintura como se fosse um arnês, prendi-o no ponto central da corda e andei para trás até formar um V esticado. De acordo com a física, se eu puxasse com força suficiente, a harpa se moveria.

— É agora ou nunca — murmurei.

Eu me virei para a parte interna do V para ficar de olho na harpa e no gigante. Em seguida, puxei o arnês como o âncora numa competição de cabo de guerra. Minhas pernas afundaram na terra, os músculos rígidos.

A harpa balançou de leve, fez um ruído ameaçador e se acomodou de volta no lugar.

Falei um palavrão e tentei de novo. Meu pé escorregou e eu caí. Massageei a bunda e tentei me motivar.

Vamos lá, al-Abbas! Você consegue! Você...

Parei no meio do discurso motivacional. Alguma coisa estava contornando a colina. Uma coisa grande, peluda e rápida. Uma coisa de short de couro apertado deixando pouco à imaginação. E estava vindo na minha direção.

— Thor! — gritei freneticamente. — Pare! Ou pelo menos desvie!

Ele não me ouviu. Puxei apressadamente o nó que tinha dado no hijab. Soltou-se uma fração de segundo antes de Thor passar correndo. Em um único movimento, coloquei o hijab na cabeça e mergulhei para o lado. O pé dele prendeu na corda, mas ele não parou de correr.

Tóim!

A corda ficou esticada e arrancou a árvore do chão como a rolha de uma garrafa de champanhe. A harpa saiu do ninho na mesma hora.

— Ufa, deu certo — falei.

Como eu esperava, as cordas da harpa começaram a tocar um alarme frenético. O volume foi aumentando enquanto ela quicava no chão atrás de Thor e deixava o Paidovo para trás. Paidovo acordou.

— Ei! Isso aí é meu! — Ele deu um pulo e foi atrás.

Eu voei para garantir que o gigante ficasse concentrado no deus do trovão e não em mim. De onde eu estava, tive uma visão bizarra: Thor bufando, a árvore e a harpa quicando atrás dele, Paidovo tentando pegar o instrumento no ar enquanto esbravejava ameaças. Se quiser ver como foi, fique à vontade para olhar o vídeo da câmera de valquíria que fiz "sem querer".

Com Paidovo fora do caminho, olhei o ovo. Não havia nenhuma rachadura na casca vermelha. Eu não sou especialista em aves, mas achei que isso significava que Fialar não nasceria tão cedo. Fiquei tentava a voar de volta até Asgard com ele para podermos ficar vigiando de perto o futuro galo do Juízo Final.

Mas eu sabia que não faria diferença. Fialar nasceria em Jötunheim, como previsto, e cacarejaria um dia, e o Ragnarök chegaria.

Então, fiz o que fui enviada para fazer.

— Diga xis!

HELHEIM

Cachorrinho fofo

THOMAS "T.J." JEFFERSON JR.

— JÁ FALEI ANTES e vou falar de novo. — Eu me sentei no sofá surrado na sala do andar dezenove e bati na barriga. — Pela pizza do Santarpio vale a pena sair escondido.

Peguei outra fatia.

— Aham. Você comeu bastante. — Mallory soltou a tampa da caixa da pizza sobre os restos e se levantou. — Vou levar isto para Mestiço. Ele passou o dia enfiado no quarto fazendo sabe-se lá o quê. Deve ter se esquecido de comer, o pateta. A gente se fala mais tarde.

Dei um aceno preguiçoso e me espreguicei no sofá com um suspiro de contentamento, meu rifle de confiança e minha baioneta de aço ao lado. O calor do fogo aceso na lareira me envolveu como um cobertor macio. Minhas pálpebras ficaram pesadas. Eu cochilei e, como a minha mãe dizia, caí na terra dos sonhos.

Pelo menos foi lá que achei que tivesse caído. Mas o terreno rochoso desolado, a umidade de gelar os ossos, os gemidos baixos carregados pelo vento... tudo isso pareceu real demais para ser só um sonho. Real e assustador. Era como se tivesse entrado em outro mundo. Eu tinha ouvido falar que comer pizza antes de dormir podia provocar pesadelos, mas não achei que pudesse transportar alguém.

Ouvi um grito.

— Estou passando!

Eu me virei e vi Thor correndo na minha direção como uma locomotiva desgovernada. Os braços balançando e um short de couro tão curto que subia até onde o sol não bate... sonho ou não, eu não era idiota de ficar na frente *daquilo.* Pulei para trás quando ele passou correndo e fui para ainda mais longe para evitar ser acertado por uma coisa quicando atrás dele. Uma árvore... e aquilo era uma *harpa*? Tudo em uma corda comprida presa no tornozelo dele, pelo que pude identificar.

— Bom, isso realmente acabou de acontecer — murmurei.

Vi Thor ziguezaguear pela paisagem inóspita na base de um amontoado de rochas irregulares. De repente, ouvi um latido intenso. Um cachorro enorme surgiu de uma caverna no alto de um penhasco, bem acima de Thor. Do tamanho de um caminhão, com pelo preto salpicado de manchas vermelhas, o cachorro olhou para o deus distraído e para os brinquedos pendurados na corda, ofegando com um sorriso canino. Latiu de novo, talvez com alegria, e saiu correndo atrás de Thor e da árvore. Gotículas vermelhas pingaram do corpo quando ele desceu pela inclinação íngreme.

De repente, me dei conta do que eram as gotículas vermelhas: *sangue.* O focinho, o pelo e as patas do cachorro estavam manchados.

O reconhecimento estalou no meu cérebro quando primeiro Thor e depois o cachorro desapareceram ao longe. Recuei até a rocha mais próxima e desabei sentado.

— Garm — disse a mim mesmo em voz alta. — O cachorro guardião de Helheim. E...

— Assassino do seu pai.

Uma mulher falou perto do meu ouvido. Eu me virei. Um caleidoscópio de cores girou diante dos meus olhos. Quando sumiu, eu não estava mais parado em uma paisagem lunar estéril, mas em um salão grandioso ao lado de um trono feito de troncos chamuscados. Cortinas cinzentas pendiam do teto até o piso de mármore preto polido. Estátuas grotescas de bronze, os corpos contorcidos em poses de agonia, dor e pavor, ocupavam uma parede. Mais estátuas ocupavam a parede em frente, mas essas tinham sido feitas para expressar alegria, amor e humor. Escolhi olhar para esse lado.

Uma figura de casaco de arminho com capuz apareceu no trono. Ouvi a voz da mulher de novo.

— Você não está sonhando, einherji, mas sim tendo uma visão. Você está aqui em mente, não em corpo, e vendo acontecimentos recentes que escolhi que você visse. — Ela empurrou o capuz para trás e sorriu.

— Ah… Hel.

Eu já tinha visto minha cota de horrores durante a Guerra de Secessão. Cadáveres em putrefação estraçalhados por aves de rapina. Soldados sem perna fitando o céu com olhos mortos. Membros de cadáveres inchados e cheios de água flutuando em poças estagnadas.

A metade direita do rosto de Hel superava tudo isso. Dentes enegrecidos, o olho com a tonalidade azul de catarata, o crânio manchado, o buraco do ouvido aberto. Nem mesmo a beleza do lado esquerdo, uma beleza de parar o trânsito, compensava o horror da metade medonha.

Ela estalou os dedos esqueléticos. Uma porta dupla na extremidade do salão se abriu. Dois demônios arrastaram uma mulher fantasmagórica acorrentada até a frente do trono e a obrigaram a se ajoelhar. A mulher ergueu a cabeça e fuzilou Hel com o olhar.

Eu inspirei fundo.

A mulher era minha mãe... minha doce mãe, que cantava para eu dormir e tinha cheiro de broa de milho quentinha e manteiga. Eu não a via fazia mais de cem anos.

Segurei um soluço.

— *Mãe.*

O olhar da minha mãe não se afastou de Hel, e lembrei que meu corpo estava no sofá do hotel. Vê-la depois de tanto tempo sem que ela pudesse me ver ou me ouvir... me partiu o coração.

Hel reparou na minha reação e sorriu.

— Ah, que bom. Você ainda tem sentimentos por ela.

— Sentimentos por quem? — perguntou minha mãe. — Com quem você está falando?

Hel a ignorou.

— Então você não vai querer que ela sofra — disse ela para mim.

Olhei para Hel com repulsa.

— Claro que não quero!

— Quem vai sofrer?! — gritou minha mãe.

— Então venha a mim, einherji — disse Hel. — Em pessoa. Tenho um trabalho que só um filho de Tyr pode fazer. Ah, e não conte para ninguém… senão ela vai pagar o preço.

Hel inclinou a cabeça. Os demônios puxaram a corrente em direções opostas. O corpo da minha mãe teve um espasmo de dor. Mas os olhos não saíram do rosto de Hel, e ela não gritou.

Eu gritei.

Acordei no sofá encharcado de suor, com o grito ainda preso na garganta e a visão da minha mãe sofrendo na minha mente.

— Espera, mãe. Estou indo!

Peguei meu rifle e minha baioneta, corri pelo corredor e bati na porta de Alex.

— Preciso de acesso à árvore! — gritei.

Quando Alex abriu a porta, passei correndo e pulei no tronco da Árvore do Mundo procurando um galho que me levasse a Helheim.

AU!

Ratatosk, o esquilo gigante do mal, estava me esperando. Ele soltou um fluxo de insultos que me agrediram como socos na alma.

Você não conseguiu ajudá-la quando estava vivo. Não vai salvá-la agora que está morto. Seus amigos debocham de você por se esconder atrás dessa baioneta ridícula. Eles acham você um idiota. Fraco. Desmiolado.

Segui em frente apesar do ataque, mas meus pensamentos afundaram cada vez mais num poço sombrio de desespero.

De repente, os insultos cessaram. Cambaleei por uma abertura num galho para o salão de Hel... de verdade dessa vez. Hel estava no trono, mas minha mãe e os demônios não estavam lá.

— Estou vendo que você descobriu a chave: o desespero que Ratatosk induz ajuda a obter acesso ao meu mundo — disse a deusa. — Agora, ajoelhe-se diante de mim, einherji.

Eu hesitei, mas fiz o que a deusa dos mortos desonrados mandou. Pela minha mãe.

Ela me observou.

— Você está ciente de que Garm, meu cão infernal, vai devorar seu pai, Tyr, quando o Ragnarök acontecer?

Eu assenti.

— Como cria de Tyr, você tem o sangue dele nas veias.

Eu assenti de novo, me perguntando aonde isso ia dar.

— Bom. Garm fugiu — disse ela. — Você, filho de Tyr, é o único capaz de encontrá-lo. Ou melhor... — Ela abriu um sorriso horrendo para mim. — Ele vai encontrar *você*.

— Não entendi.

— Ora, é bem simples. Meu cão dos infernos vai sentir o cheiro do sangue de Tyr e vir correndo.

Segurei meu rifle com mais força.

— Então, basicamente, você quer me usar de isca.

— Está mais para alvo móvel — corrigiu Hel.

— Por que eu? — ousei perguntar. — Por que não simplesmente, sei lá, transportar Garm de volta para a caverna dele? Ou enviar seus demônios para buscá-lo?

— Garm sabe ser... escorregadio — disse ela de forma evasiva. — Ele já fugiu antes, e as tentativas anteriores de trazê-lo de volta com magia e demônios fracassaram.

Eu ia sugerir que ela usasse um apito de cão dos infernos, mas pensei melhor.

— Se você não se importar com a minha pergunta, por que não o deixa perdido?

A expressão de Hel se fechou.

— E arriscar que a notícia de que meu cachorro está fora de controle se espalhe? Não. Só há uma solução. Você precisa atraí-lo de volta para a caverna dele.

Amarrei a cara.

— Vou tentar adivinhar. Se eu me recusar, você vai torturar a minha mãe. Se eu contar para alguém que Garm não veio quando você chamou, você vai torturar a minha mãe.

— Ah, sim. E, Thomas... T.J... se você achar que matar Garm vai impedir que o cachorro mate seu pai, pense melhor. Você não pode impedir o destino. Agora, vá!

A porta dupla se abriu. Pendurei o rifle no ombro e parti em busca de um cachorro perdido na terra dos mortos desonrados.

Uma coisa que minha visão anterior não revelou foram os residentes condenados de Helheim. Quando atravessei a paisagem, as formas fantasmagóricas giraram e roçaram em mim, como se sentissem que eu não pertencia àquela vida após a morte. A maioria saiu flutuando quando os ignorei. Mas um fantasma se recusou a me deixar em paz. Ficou me cutucando repetidamente com uma coisa que espetava.

— Escuta, amigão — falei com rispidez, me virando para enfrentá-lo. — Não sei qual é a sua, mas...

Minha voz falhou quando vi quem era o inconveniente me irritando: o deus Balder. O filho de Odin e Frigga. Balder tinha sido muito amado e, supostamente, imune a todas as formas de ataque. Mas tinha uma fraqueza: o visgo. Loki tinha enganado o irmão cego de Balder, Hod, para que matasse Balder com um dardo de visgo... o mesmo dardo com o qual ele estava me cutucando agora.

— Hã, oi — falei. — Se você quiser parar de fazer isso, por mim tudo bem.

Balder sorriu, e entendi de repente por que os mundos lamentaram a morte dele. Jovem e bonito, com cabelos castanho-escuros, olhos azuis cintilantes e covinhas matadoras dos dois lados do sorriso travesso, Balder emanava calor e bom humor. Estar perto dele me deixou feliz. Simples assim.

— Oi! Você é filho de Tyr, né?

Eu não deveria ter ficado sobressaltado por ele poder falar; afinal, eu também estou morto e falo direitinho. Mas quase tive um troço ao ouvir sua voz.

— Desculpa por te cutucar — continuou Balder. — A gente não recebe muitos visitantes de corpo inteiro aqui. Foi por isso que segui você. Mas, como você não reagiu imediatamente, não tive certeza de que era real.

Massageei meu braço dolorido.

— Eu sou real.

— Que bom — disse Balder com outro sorriso caloroso. — Sempre admirei Tyr. Não por ele ter deixado o lobo Fenrir comer a mão dele enquanto amarrava aquele cão do demônio, mas pela forma como ele se portou com Odin e Thor.

Assenti para demonstrar que entendia. Muito, muito tempo antes, Tyr foi o deus principal da guerra. Mas, com o tempo, a popularidade de Odin e Thor aumentou e ele foi sendo esquecido. Meu pai poderia ter organizado um ataque para recuperar sua posição, mas reconheceu a agitação que uma guerra civil teria causado. Então, ele recuou e deixou Odin e Thor permanecerem no poder.

— Além do mais — acrescentou Balder —, Tyr foi um dos poucos deuses que não jogou coisas em mim pra testar minha invulnerabilidade. Sempre valorizei isso.

— O suficiente pra salvá-lo de ser devorado por Garm? — perguntei, esperançoso.

Balder balançou a cabeça.

— Eu não posso impedir Garm de matar seu pai, da mesma forma que não pude impedir que esse dardo de visgo me matasse.

— Se é que posso perguntar, por que você ainda está com essa coisa?

Balder fez uma careta.

— Eu tentei me livrar do dardo quando cheguei aqui. Queimei, enterrei, esmaguei com uma pedra, perdi "sem querer querendo". Nada deu certo. Ele sempre reaparecia aqui. — Ele apontou para o próprio peito. — Agora, eu só o carrego para todo lado. Na mão — acrescentou ele, para não deixar dúvidas. — Do outro jeito atrapalha.

— Hum, dá pra entender. E o veneno do visgo nunca te fez mal?

Ele me olhou com surpresa.

— Veneno?

— Bom, é — falei, igualmente surpreso de ele não saber. — Visgo é venenoso. Tinha um cachorro velho que andava em volta do meu regimento. Um dia, comeu visgo e...

Parei de falar.

— E o quê? — perguntou Balder, aflito. — O cachorro não morreu, né? Eu odeio histórias em que o cachorro morre!

— Não, mas... — Minha mente estava girando. — Ele começou a andar esquisito, babar e vomitar. — Eu me virei para ele. — Balder, preciso da sua ajuda.

Contei para ele tudo sobre Garm, Thor e minha missão de encontrar o cachorro de Hel e salvar minha mãe da tortura.

Balder balançou a cabeça.

— Sinto muito, filho de Tyr. Eu gostaria de ajudar, mas Hel nunca permitiria que eu interviesse.

— Não você. Isso aí. — Apontei para o dardo dele. — Se Garm comer o dardo, talvez ele pare. Isso não vai matá-lo — acrescentei rapidamente —, só incapacitá-lo.

— É verdade que Garm não morreria. Não aqui, no mundo de Hel. Mas, se ele ingerir o visgo — disse Balder —, talvez não tenha vontade de ingerir você!

— Um bônus — concordei.

Um latido cortou o silêncio. Um segundo depois, Garm surgiu acima de uma colina. Farejou o ar e virou a cabeçorra na minha direção. O cachorro de Helheim tinha me farejado.

Peguei o dardo de Balder.

— Você por acaso não tem um arco por aí, né?

— Desculpa. Não tenho mais.

— Certo. Vai ter que ser uma entrega especial, então. — Peguei o rifle com uma das mãos e o dardo com a outra. — Me deseje sorte!

— Não posso! Hel não aprovaria!

Não esperei que Garm viesse até mim da mesma forma que não esperei os soldados confederados na guerra. Gritando a plenos pulmões, fui com tudo na direção do cão dos infernos.

Garm rosnou e correu. As mandíbulas sujas de sangue se abriram bem, me dando uma visão próxima e bem completa da úvula canina. Corri na direção do cachorro, pretendendo enfiar o visgo goela abaixo. As mandíbulas se fecharam antes que eu tivesse a chance, quase arrancando minha mão.

Meu treinamento de batalha no Hotel Valhala entrou em ação em velocidade máxima. Eu me virei antes que o cachorro pudesse dar outra mordida e enfiei a baioneta na traseira dele. Ele latiu alto o bastante para acordar os mortos. Soltei minha baioneta de aço de osso e corri para me proteger enquanto ele girava em círculos, tentando lamber a ferida.

Vi uma vala e pulei nela. Eu me deitei na lateral e planejei meu ataque seguinte. Eu tinha chegado a *evitar as mandíbulas a todo custo* quando fui envolvido num sopro de bafo quente. Olhei para cima e vi Garm ofegando para mim, a língua coberta de baba pendurada como um cobertor grosso e molhado.

— Que nojo!

Rolei para longe na hora que a língua tentou me lamber. Fiquei de pé, saí da trincheira e corri para pular no pescoço de Garm... e escorreguei no pelo molhado de sangue até o outro lado. Mas consegui cortá-lo de leve com o dardo, o que deve ter sido irritante, pois ele se sentou e coçou vigorosamente o pescoço com a pata traseira.

Enquanto isso, corri pelo campo e me escondi atrás de uma rocha da altura de um prédio de dois andares, de onde pude avaliar minha situação. O ataque direto tinha falhado. Esconder-me na vala foi quase fatal. Então talvez fosse hora de um ataque aéreo.

— Certo — resmunguei. — Isso acaba aqui.

Um lado da rocha oferecia apoios decentes para mãos e pés. Agradecendo silenciosamente ao Hotel Valhala pela parede de escalada, pendurei o rifle no ombro, enfiei o dardo no cinto e escalei até o alto.

— Ei, seu puggle gigante — gritei de onde estava. — Que tal um petisco com sabor Tyr? É? Quer um pedaço de mim?

Garm parou de se coçar e começou a rosnar. Aproximou-se e circulou a rocha. Tentou subir, mas suas patas não conseguiam apoio.

— Parece que você vai passar fome hoje! — provoquei.

Garm rosnou de frustração. Com o olhar grudado no meu, ele recuou e se agachou.

Eu também me agachei e tirei o dardo do cinto. E esperei.

Não por muito tempo. Com um uivo alto, Garm atacou. Quando chegou à rocha, ele saltou. As pernas traseiras musculosas o içaram, voando pela lateral direto até mim, as patas esticadas e a boca bem aberta.

No último segundo possível, eu desviei para o lado. E, com um grito de fúria, enfiei o dardo na goela dele, puxando a mão de volta antes que seus dentes a esmagassem. Meu ataque o desequilibrou, e ele caiu com um baque na rocha. Enquanto tentava se levantar, eu pulei para o chão e corri como Helheim para o local onde o tinha visto pela primeira vez: a formação rochosa que supus que fosse sua caverna.

Primeiro, Garm me perseguiu a toda velocidade. Fiquei um passo à frente com uma combinação de manobras astuciosas de zigue-zague que eu tinha aperfeiçoado ao longo de séculos de combate no campo de batalha de Valhala. Isso e também a mais pura sorte.

Mas, aos poucos, o cão do inferno foi ficando para trás. Arrisquei uma olhada. A boca de Garm estava espumando porque o veneno do visgo estava começando a fazer efeito. Quando chegamos à caverna dele, o cachorro estava péssimo, tremendo e choramingando. Eu meio que senti pena dele.

Toda a pena sumiu quando ele vomitou. Felizmente, não respingou em mim, mas o cheiro foi muito, muito nojento. Garm entrou na caverna cambaleando, caiu na caminha de cachorro feita de ossos esmagados e começou a roncar.

Balder entrou nessa hora. Ignorando o vômito, ele abriu a bocarra do cachorro, enfiou a mão na garganta e pegou o dardo de volta.

— Para eu lavar antes de acordar com ela enfiada no peito — explicou ele.

Ele estava quase dizendo outra coisa. Mas, o que quer que fosse, eu não ouvi, porque Hel escolheu aquele momento para me enviar de volta a Valhala. Eu não tinha ideia se ela cumpriria a promessa de poupar minha mãe.

Tive a reposta naquela noite. A deusa da morte me visitou em um sonho.

— Ótimo trabalho, filho de Tyr — disse ela. — Sua mãe está segura. Eu talvez até lhe dê permissão para visitá-la de tempos em tempos.

Emoções conflitantes surgiram nas minhas entranhas nessa hora: raiva de como minha mãe tinha sido tratada e júbilo ao pensar que um dia talvez a visse de novo. O júbilo venceu.

— Não vejo a hora — falei. — E estou feliz de seu cachorro estar de volta em casa, embora esteja destinado a matar meu pai. Mas, agora, me faça um favor. — Rolei para o lado e puxei a coberta. — Vá para Helheim.

NIFLHEIM

É a mãe!

MALLORY KEEN

— ESCAMAS DE DRAGÃO.

No corredor do andar dezenove, com uma caixa com sobras de pizza na mão, olhei para Mestiço Gunderson. Ele tinha aberto uma frestinha da porta.

— Você está mesmo me dizendo que vai viajar para Vanaheim para pegar escamas de dragão? — perguntei. — E direto de um dragão, ainda por cima?

— É para um projetinho em que estou trabalhando. — O berserker sem camisa evitou meu olhar. Covarde.

Tentei entrar à força, mas meu namorado intermitente apoiou o pé enorme atrás da porta entreaberta, fazendo com que nosso relacionamento ficasse perigosamente próximo de terminar de novo.

— É assim que vai ser? Tudo bem.

Peguei um pedaço de pizza na caixa, bati no peito dele com a fatia e fui embora, furiosa.

— Mallory! Espera!

Como eu não parei, Mestiço falou um monte de palavrões e bateu a porta. Talvez ele estivesse procurando a chave do quarto, pensando em vir atrás de mim. Bom, eu não queria vê-lo, nem aquele peito sujo de pizza. Então, passei direto pelo meu quarto, abri uma porta aleatória, entrei e a fechei com força.

E fiquei paralisada.

— Ah, Fimbulwinter.

O Hotel Valhala tem incontáveis portas sem identificação. A maioria é atalho para outras áreas do hotel. Algumas levam a outros mundos. Como tenho muita sorte, eu tinha saído direto em Niflheim, a terra do gelo infinito e cheia de gigantes do gelo. A melhor parte era que uma tempestade de neve estava caindo à minha volta. Xingando, tirei um pedaço quadrado de pano do bolso. Feito à mão por Blitzen, ao ser desdobrado se transformava numa parca grossa com capuz carregado de magia *kenaz* (de fogo), cortesia de Hearthstone. Desde que viajei para Niflheim para deter Loki (longa história), sempre me certifico de carregar isso comigo. Aninhada no abraço quente do traje, eu me virei e procurei a maçaneta.

Não havia maçaneta. Nem porta. Eu só me vi olhando para uma parede de mais de um quilômetro de altura de gelo sólido.

— Uma geleira? Isso *só pode* ser brincadeira.

Limpei um círculo no gelo e espiei na geleira para ver... mais gelo. Bati na placa. Ataquei-a com minhas adagas gêmeas. Chutei-a e gritei com ela. Acabei ficando suada, mas se o Hotel Valhala estava do outro lado, eu não ia conseguir voltar pelo caminho por onde entrei.

Embainhei as adagas, botei a mão na geleira e saí andando, passando os dedos na parede gelada para procurar uma porta, uma maçaneta, uma janela... qualquer coisa. Mas a parede acabou e meus dedos gelados mergulharam num monte de neve enorme.

Rosnando de frustração, enfiei as mãos nos bolsos e me virei. A geleira era a única conexão que eu tinha com o hotel, e eu não queria perdê-la de vista. Eu só havia dado uns poucos passos quando ouvi um baque abafado ao longe. Fiz uma pausa. O barulho ficou mais alto e mais próximo.

Gigante do gelo.

A realidade me atingiu como uma bola de neve na cara. Eu sabia por experiências anteriores que alguns gigantes do gelo eram simpáticos. Não era com esses que eu estava preocupada.

Uma figura solitária apareceu no meio da neve. Meu primeiro pensamento foi *Como ele pode não estar congelando com esse shortinho?*. Meu segundo foi *Pula!*.

Pulei para o lado e Thor passou correndo.

— Ei! Espera!

Fui atrás dele, mas parei logo em seguida. Thor estava soltando peidos e parecendo um motor engasgado. Uma nuvem de vapores tóxicos me envolveu.

— Deuses de Asgard! — Balancei a mão na frente do rosto. — O que foi que se arrastou para dentro dele e morreu?

Tossindo, com os olhos lacrimejando, eu quase não percebi o lado bom da situação. Já ouviram a expressão *como faca quente na manteiga*? Bom, substituam *faca* por *fluxo de peido* e *manteiga* por *neve caindo*. Os gases de Thor estavam derretendo uma trilha ampla que tornou cem vezes mais fácil andar por Niflheim. Concluí que alguma hora ele iria parar em Asgard, então fui seguindo a trilha de fedor.

Infelizmente, Thor era rápido demais, e não consegui acompanhá-lo. A nevasca tomou a trilha e a obliterou completamente. Eu engoli o pânico crescente e segui pela neve gelada.

Por um tempo, só ouvi o choro do vento e minha respiração pesada. Mas um novo som entrou na mistura. Um gorgolejo, como água. Parei para pensar. Água poderia representar um rio ou riacho. Será que daria para segui-lo até sair de Niflheim? Sem a trilha de Thor, parecia minha melhor opção. Fiz um desvio e fui na direção do som.

O ar foi ficando quente. Eu acelerei o passo. A neve veloz se transformou em flocos gordos e úmidos, que deram lugar a uma neblina densa e cinzenta. Tirei a parca, dobrei-a em um quadradinho e a enfiei no bolso.

O gorgolejo também mudou, virou um borbulhar, como de água fervendo. Isso me fez parar. E que bom que parei. A neblina se abriu momentaneamente e revelou um corpo de água fervente enorme bem na minha frente. Mais alguns passos e eu teria pulado de uma margem íngreme nas profundezas negras.

Que lugar é esse? Minha mente percorreu meu conhecimento dos nove mundos e chegou à resposta. *É Hvergelmir, a fonte termal ao redor das raízes de Yggdrasill! Viva!*

Fiz uma dancinha em comemoração. Se eu conseguisse chegar às raízes da árvore, poderia subir por Yggdrasill até Asgard ou algum outro mundo mais hospitaleiro.

Ao espiar pela neblina, só consegui ver as raízes retorcidas e nodosas brotando da água preta como troncos de ciprestes, só que *bem* maiores. Tive um vislumbre rápido do tronco de Yggdrasill se esticando na direção do céu a partir da neblina antes de o vapor escondê-la.

Portanto, minha saída de Niflheim estava ali. Mas chegar a ela apresentava alguns problemas. Eu até sei nadar bem, mas não estava convencida de que conseguiria atravessar Hvergelmir sem ser cozida viva pela água da fonte termal. Com meu poder de einherji, eu poderia ter tentado pular. Mas a neblina não me deixava ver muito bem onde a água terminava e as raízes começavam. Se eu calculasse mal a distância, quem sabe onde eu poderia cair?

Tem que ter um jeito, pensei. Contornei a água. Do lado oposto, vi uma raiz ondulada se prolongando até a margem, como um trecho comprido de montanha-russa. Estava traiçoeiramente escorregadia com umidade e musgo verde. Mas era a única ponte que eu via sobre a água.

Com suor escorrendo pelo rosto e as mãos procurando apoio, rastejei pela raiz centímetro a centímetro. Depois do que pareceu uma eternidade, cheguei ao outro lado. Rolei para a terra úmida e lamacenta. Segui pelas raízes mais externas e me sentei encostada em uma perto de Yggdrasill para recuperar o fôlego.

A raiz tremeu. Com um berro, dei um salto para trás. Nada na minha memória me dizia que Yggdrasill se mexia.

Olhei melhor para a raiz. Era marrom e verde, mas, ao contrário das outras raízes cobertas de musgo ao redor, aquela parecia ter escamas. Enquanto minha mente absorvia esse fato, ouvi um som de mastigação. Meu coração despencou.

Não é uma raiz. É a cauda de Nidhogg.

Na minha pressa para chegar a Yggdrasill, eu tinha me esquecido de Nidhogg, o dragão que mora na base da Árvore do Mundo. Nidhogg passa os dias roendo as raízes da árvore e trocando insultos com uma águia que tem um ninho na copa. Ratatosk, o esquilo gigante, age como intermediário, levando recados de Nidhogg para a águia, e vice-versa.

Eu mesma sou fã de palavras ferinas. Insultos são bem úteis com um palhaço estúpido como Mestiço. Mas ficar carregando calúnias de um para o outro por milênios, como a águia, o dragão e o esquilo fazem? Eu nunca deixaria nosso relacionamento se tornar tóxico desse jeito.

O corpo verde e marrom de Nidhogg estava enrolado na base da árvore. Se quisesse sair de Niflheim escalando Yggdrasill eu primeiro teria que subir no dragão. Essa perspectiva não me animou, principalmente quando vi as garras das poderosas pernas traseiras. Eu me aproximei para procurar a cabeça dele (meu lema é *sempre saiba onde as partes perigosas da boca estão*) e apoiei o pé em uma pilha de ossos. *Crunch!* Aparentemente, as raízes de Yggdrasill não eram a única coisa que Nidhogg roía.

Peguei minhas adagas, esperando que o dragão atacasse por causa do som. Mas ele só murmurou para si mesmo:

— Aquela águia se acha. Bom, meu novo insulto vai ser tão mordaz que as penas dela vão derreter. Agora, só preciso decidir qual vai ser.

Senti uma pontada de esperança. Nidhogg precisava de um insulto? Eu tinha milhões. Talvez a gente pudesse fazer um acordo: uma zoação que arrasasse com a águia em troca de uma passagem segura pela árvore. Não havia garantia de que Nidhogg não me devoraria na hora, evidentemente, mas era o único plano que eu tinha, então fui com tudo.

Chutei alguns ossos de costela para longe do pé e contornei a árvore como se fosse a dona do pedaço.

— Ei, você aí!

Sobressaltado, Nidhogg parou de resmungar. Olhou para mim piscando os enormes olhos amarelos, sem entender. Em seguida, com as narinas se dilatando perigosamente, soltou um rugido que também serviu como demonstração impressionante das presas afiadas como navalhas.

Meu coração deu um pulo, mas engoli o medo e segui em frente.

— Isso foi para me intimidar? — Revirei os olhos de forma bem teatral. — Já ouvi rugidos mais altos saindo da bunda de Thor.

Nidhogg se encolheu como se eu tivesse batido no nariz dele com um jornal enrolado.

— Isso não foi muito legal. — Ele pareceu tão magoado que eu quase senti pena.

Mas só ri com deboche e desprezo.

— Cara, eu insulto todo mundo. — Balancei minhas adagas. — Está vendo isto? Elas são afiadas, mas não tanto quanto a minha língua.

Ou as suas presas, acrescentei para mim mesma quando o dragão chegou mais perto para inspecionar as lâminas.

— Uau. Elas são *mesmo* pontudas. — Nidhogg pareceu genuinamente impressionado. — Seus insultos são mesmo mais afiados do que isso aí?

— Cara, essa pergunta é tão burra que me faz achar que seu cérebro é igual à cavidade ocular do Odin: completamente vazio.

Nidhogg fez outra careta.

— Uau. Essa magoou muito mesmo. Mas você está certa, claro. — Ele bateu na cabeça com uma garra que parecia uma adaga. — Meu cérebro é vazio. Ao menos de insultos.

Essa foi minha oportunidade. Guardei as adagas e inclinei a cabeça para o lado, como se considerando alguma coisa.

— Sabe, eu tenho umas frases curtinhas poderosas que são tiro e queda na arte da ofensa. Eu poderia contar algumas, mas o que eu ganharia com isso?

Nidhogg coçou a barriga.

— Bom, para começar, não vou comer você — propôs ele.

— Hum... Que tal isto: se você me deixar subir por Yggdrasill depois que terminarmos, selamos o acordo.

Nidhogg esticou uma garra. Achei que ele fosse me partir em pedacinhos, mas percebi que ele queria apertar a minha mão. Retribuí o gesto, mas com muito cuidado.

— Tudo bem. Preste bastante atenção — falei.

Nidhogg chegou perto e encostou o ouvido na minha boca.

— Não tanta assim.

— Desculpe. — Ele recuou.

— Certo. Vamos começar com as quatro réplicas clássicas. A primeira: *Se você diz é porque também é.* A segunda: *Sou isso, mas sou feliz, quem é isso é quem me diz.* A terceira: *Só sendo isso aí para reconhecer quem também é.* E a quarta: *É a mãe!*.

Nidhogg arregalou os olhos, impressionado.

— Todas são *brilhantes*! — A risada dele soprou meu cabelo para trás. — Vamos testar.

Eu dei de ombros.

— Você é uma cobra feia — falei.

Nidhogg se encolheu, a expressão de mágoa voltando ao seu rosto.

— Era para você usar uma das réplicas — expliquei.

A expressão no rosto dele se transformou.

— Ah, tá! Ha-ha!

— Vamos tentar de novo. Você é uma cobra feia.

— Se eu falo é porque também sou. — Ele sorriu de prazer.

Nunca mais vou sair daqui, pensei. Em voz alta, falei:

— Vamos repassar a escolha de palavras.

Depois de mais algumas rodadas, Nidhogg pegou o jeito. Eu já estava me divertindo, então incluí algumas provocações simples com tema de pássaro para ele usar com a águia: *Você é tão pirado que até um cuco te acha maluco! Se o pássaro é você, melhor estar voando bem longe do que na mão!* E *Eu soube que você tem gosto de frango!*

Em retrospecto, essa última talvez tenha sido um erro. Quando Nidhogg ouviu, seu estômago roncou. Ele me olhou de lado, com uma expressão faminta.

— E aí, quer ficar para jantar?

Eu me afastei sutilmente da boca do dragão.

— Eu adoraria, mas preciso voltar para Valhala. Tudo bem se eu subir pelo seu corpo agora?

— Quem é isso é quem me diz!

Entendi como um consentimento.

Eu nunca tinha ficado tão feliz de sentir a casca do tronco de Yggdrasill embaixo dos dedos. Subi rapidamente pelo tronco, escalando os galhos, e acabei encontrando uma abertura para outro mundo. Eu só soube qual era quando caí no andar dezenove, bem aos pés de Mestiço.

— Mallory! — gritou ele. — Eu estava procurando você em toda parte, mulher! Você é a einherji mais irresponsável e imprudente…

Eu me levantei e olhei para ele de cara feia. Em seguida, me joguei nos seus braços.

— Ah, é? — murmurei junto ao peito exposto dele. — Bom… se você diz é porque também é.

VANAHEIM

Ora, mas que surpresa

MESTIÇO GUNDERSON

HAVIA ALGUÉM NO CORREDOR em frente à minha porta. Fiquei tenso. Esperando. Ouvindo.

Toc-toc. Toc. Toc-toc-toc.

Era o sinal. Abri a porta.

— Entra. Rápido.

Alex Fierro passou por mim com uma toalha enrolada nos braços. Olhei para os dois lados do corredor e fechei a porta. Alex revirou os olhos.

— Ainda não acredito que você me fez usar uma batida secreta. — Ele me entregou a toalha e espanou com as mãos o suéter rosa de casimira e a calça verde-limão.

Mostrei a ele uma fatia amassada de pizza.

— Mallory tentou entrar uns minutos atrás. Eu tinha que ter certeza de que era você, e não ela voltando para quebrar o quarto todo.

— É, porque seu olho mágico não tem exatamente essa função.

— Ah. Eu me esqueci dele. Enfim.

Eu o levei para o meu quarto de artesanatos. Isso mesmo, artesanatos. Há mais em mim do que apenas lutar até a morte. Eu tinha começado com o básico: pintura a dedo e esculturas com macarrão, cola com glitter em corações de papel, arte com barbante e móbiles de cabide. Mas fui passando para empreitadas artísticas mais refinadas.

Alex ficou boquiaberto quando viu meu novo projeto.

— Cara. É *enorme.*

Eu dei de ombros.

— É tudo ou nada, né?

O projeto era um mosaico para Mallory, feito de uma variedade de objetos encontrados e reciclados: fragmentos de armas, pedrinhas de mundos diferentes, cacos de vidro quebrado. Alex, o artesão residente do andar dezenove, tinha levado pedaços de cerâmica quebrada que tinha criado ao jogar peças insatisfatórias na parede.

Desenrolei a toalha e inspecionei os cacos.

— São perfeitos. Obrigado. Agora, só preciso de escamas de dragões vanires.

— Por que dragões vanires? — Alex quis saber.

— Eles são vermelhos, amarelos e laranja, perfeitos para as chamas, o sangue e a sujeira do campo de batalha. Estou retratando minha primeira batalha junto com Mallory.

— Ah, Mestiço. — Alex cutucou meu queixo. — Você é um romântico!

— E estou bem atrasado. Quero dar a ela no aniversário da batalha, na semana que vem. Tenho que ir a Vanaheim e voltar antes que Mallory *quebre* a minha porta.

Alex soltou o garrote do cinto.

— Quer ajuda?

— Pode deixar. Eu cuido disso sozinho. — Abri um armário cheio de armas e escolhi um machado e um escudo da minha coleção. — Mas você pode ficar aqui e se certificar de que Mallory não entre?

Alex fez uma careta.

— Eu preferiria lutar com um dragão a enfrentar sua namorada furiosa, mas tudo bem, eu fico aqui até você voltar.

— Valeu. Te devo essa.

Alex sorriu.

— Qualquer dia desses vou cobrar.

Com as armas posicionadas por cima da minha camiseta da Tough Mudder (eu amo as gincanas de Midgard), segui pelos corredores do hotel para a cozinha e para a enorme câmara refrigerada na área de preparação de alimentos do salão de banquete. O jeito mais rápido de chegar a Vanaheim era pelos produtos frescos. Pulei na cesta de batatas e caí no sopé de uma colina suave em Fólkvangr, o reino da pós-vida dos vanires.

Observei os arredores. A colina estava coberta de flores de aroma doce e borboletas voando banhadas numa luz calorosa e cintilante: o poder de Freya, deusa e governante de Vanaheim, cercando o reino. Na colina, os guerreiros escolhidos de Freya relaxavam estendidos sobre toalhas, rindo e tomando chai latte.

Franzi a testa. Paz, borboletas, chai latte: aquele mundo era horrível.

Eeeeeeeeee!

Um toque agudo de trompete soou no ar de repente. Um grito de batalha! Meus instintos berserker entraram em ação, como se alguém tivesse ligado um interruptor. Com um rugido poderoso, arranquei a camiseta da Tough Mudder e corri colina acima.

Nada que eu tivesse visto em Asgard tinha me preparado para o que aconteceu em seguida.

O toque de trompete se transformou numa melodia suave de jazz. Baquetas vassourinha tocaram um ritmo sussurrado enquanto outros instrumentos, um piano, um clarinete, um baixo, criavam uma melodia que se espalhava pelo ar. A música rolou até mim como calda quente sobre panquecas em um *brunch* de domingo.

Era horrível. Larguei o machado, caí de joelhos e cobri os ouvidos.

— Opa, cara! Você está bem? — Uma garota de cabelo escuro usando biquíni e uma canga amarrada na cintura me olhou com preocupação. Ela cutucou com o cotovelo a amiga ao lado. — Ei. Acho que esse cara precisa de uns suplementos naturais.

— Não! — Eu me levantei. — Eu estou bem. Só me mostra onde fica Sessrúmnir.

— Você vai perder o solo improvisado de clarinete — avisou ela.

Estremeci.

— Não tem problema.

A garota deu de ombros.

— Quem perde é você. O palácio de Freya fica na descida da colina, depois da quadra de vôlei. Sempre em frente, sem perder o rebolado!

— Quem era aquele? — Ouvi a amiga perguntar conforme fui me afastando.

— Pela cara dele, eu diria que é alguém que gosta — ela baixou a voz para um sussurro constrangido — de polca.

(Ela não estava errada. Prefiro qualquer banda de oompah ao que eles estavam ouvindo.)

Segui para Sessrúmnir, o navio de cabeça para baixo/palácio de ouro e prata de Freya, para pedir a permissão da deusa para caçar os dragões do mundo dela. Lá dentro, guerreiros ladeavam o corredor até o trono de Freya. Guerreiros cochilavam em redes. O trono estava vazio.

Sacudi um louro adormecido com camiseta de estampa havaiana desabotoada, uma bermuda surrada e sandálias papete.

— Ei, acorda. Cadê a Freya?

O cara piscou, sonolento.

— Quem é você?

— Mestiço. Onde está a deusa?

— Mestiço. — O cara repetiu meu nome como se estivesse experimentando a palavra. — É apelido de quê?

— De nada.

Ele riu, impressionado.

— Mestiço é apelido de Nada? É tão *estranho* esse negócio de nomes, né? — Ele esticou a mão. — Sou Miles. E lamento ser o portador de más notícias, mas Freya não está aqui no momento. Mas eu adoraria te ajudar no que for possível, cara. Por sinal — ele apontou para o meu bíceps enorme e para meu abdome tanquinho —, você ficou assim com dieta vegana?

Ignorei a pergunta dele e passei direto para a minha.

— Eu preciso da permissão de quem para caçar os dragões dela? Estou precisando de umas escamas.

Miles coçou a cabeça sem entender.

— Caçar os dragões? Cara, eles dormem mais pesado que os nossos guerreiros. Seria preciso algo bem intenso para acordá-los. Se você quer só as escamas, é só ir até lá e pegar.

A maioria das pessoas ficaria aliviada ao descobrir que uma tarefa potencialmente mortal na verdade nao oferecia ameaça à vida. Eu não sou como a maioria das pessoas. Prefiro conquistar as coisas, não recebê-las de mão beijada. Mas eu tinha ido buscar escamas de dragão, então deixei a decepção de lado.

— Onde ficam as cavernas desses dragões adormecidos, então?

— Cavernas. — Miles riu. — Você não é mesmo daqui, né?

— Não.

Graças aos deuses, acrescentei em pensamento.

Miles abriu bem os braços e olhou para cima.

— Nossos dragões dormem a céu aberto, apreciando a luz de Freya. — Ele baixou os braços. — Vem, eu te levo lá.

— Não! Quer dizer, você pode apontar a direção.

— Não é trabalho nenhum, cara. Vem comigo.

Trinquei os dentes.

— Beleza.

Miles me levou na direção de um cânion distante de arenito vermelho-dourado.

— Já sei! Vamos aproveitar a oportunidade para nos conhecermos melhor.

— Vamos não fazer isso e dizer que fizemos.

— Eu começo — prosseguiu Miles. — Meu passarinho favorito é o bem-te-vi. É tão alegre! Você tem um passarinho favorito, Mestiço?

— Não.

— Ah, não é possível. — Ele me olhou de lado. — Você deve gostar de beija-flor. Todo mundo gosta de beija-flor. Sabe por quê?

— Não.

— Porque é o passarinho que beija! — Ele deu um gritinho e bateu com o ombro no meu. — Sacou? O passarinho do *beijo*! — Ele fez um som de beijo.

Quase soltei uma dose pesada do modo berserker nele. Mas me limitei a dizer:

— Tem uma planta que eu admiro. A dioneia.

Miles assentiu com entusiasmo.

— Que interessante! E por que essa, exatamente?

Eu me virei para ele.

— Porque ela ataca a presa e a consome lenta e dolorosamente.

Isso o fez calar a boca.

Chegamos ao cânion. O vento tinha esculpido uma das laterais, formando beiradas onduladas que ficavam acima do chão como a copa de uma árvore fazendo sombra. Quatro dragões, um dourado, um vermelho e dois laranja, roncavam em um buraco embaixo, as escamas brilhando sob a luz de Freya. As asas estavam junto ao corpo comprido. Uma fumaça branca saía das narinas deles como bolas de algodão.

Em outras palavras, aqueles dragões não representavam uma ameaça. Pegar as escamas seria como roubar doce de criança.

— Eu detesto doces — murmurei quando comecei a descer a ladeira.

Para a minha *sorte*... Miles foi junto. Estávamos na metade da descida quando uma figura surgiu na borda do cânion do outro lado.

Miles piscou.

— Ei, é o Thor. E ele... Ah!

Thor atropelou os dragões.

Ao que parecia, levar um chute de um deus do trovão se caracterizava como *algo bem intenso*. Os dragões acordaram com roncos altos. O caos tomou conta. Asas poderosas bateram, os quatro subiram no ar, gritando de fúria.

Corri para baixo de um beiral de arenito.

— Ah, que lindo! — Miles protegeu os olhos e apontou para os dragões.

— Você está maluco? — gritei. — Se protege!

Miles balançou a mão com desdém.

— Não precisa, meu amigo. Os dragões jamais atacariam os mortos honrados de Fólkvangr. Fazer isso perturbaria a paz do reino. Eles só vão voar um pouco e voltar a dormir. — Uma expressão de leve preocupação surgiu no rosto dele. — Se bem que você não é um dos mortos escolhidos de Freya. Se eles estiverem com fome e sentirem seu cheiro... Ah, olha. Taí uma coisa que não se vê todos os dias.

— O quê?

— Baforada de fogo.

Ergui o escudo na frente do corpo bem na hora que os dragões laranja passaram acima do beiral. As chamas superaqueceram o metal, mas não me alcançaram. As criaturas fizeram um círculo e deram a volta.

Agora sim, pensei.

Dei um pulo e fui arrancar a camiseta da Tough Mudder. Mas lembrei que já a tinha arrancado antes e entrei direto no modo berserker.

Corri para o fundo do cânion. Um dragão laranja pousou ao meu lado. Alguns golpes bem dados do meu machado o tiraram da jogada permanentemente. Desviei de um sopro de fogo do segundo dragão laranja, então corri e bati na cabeça dele.

— Quero ver esse fogo agora! — gritei.

— Cara! — Miles estava saindo do cânion com dificuldade. — Você tem uns problemas de controle de raiva, né?!

— Eu sei!

O dragão vermelho brilhante soltou um berro e mergulhou na minha direção. Chegou um pouco perto demais para ficar à vontade. Para *ele* ficar à vontade, obviamente. Dei um golpe destruidor no nariz dele com meu escudo e parti seu crânio em dois.

— Pode vir! — berrei.

O último dragão era disparado o maior. As escamas douradas cintilantes quase me cegaram quando ele veio me matar. Desviei para o lado, saltei nas costas dele e o montei até o céu ridiculamente lindo tomado pela luz de Freya. O dragão se sacudiu, se contorceu e rolou para tentar me derrubar. Passei o cabo do meu machado na frente do pescoço dele e puxei para trás com força. Ele engasgou e bateu com a pata no cabo, mas eu segurei o machado com força. Ele parou de se debater e caiu numa lenta espiral mortal até o fundo do cânion.

Bum! O corpo do dragão levantou uma nuvem de areia.

— *Aaahhhrrr!* — Dando um rugido de glória triunfante, pulei nele e bati no meu escudo com o machado.

— Pra que isso, cara?

Levantei o rosto e vi Miles me olhando boquiaberto, atônito. Ao redor dele havia uma multidão de guerreiros de Vanaheim. Alguns se mexeram e murmuraram com inquietação.

A garota de cabelo escuro e biquíni se adiantou.

— Eles estão… mortos. — Uma lágrima desceu pelo rosto dela.

Passou pela minha cabeça que embora ela, Miles e o resto dos escolhidos de Freya tecnicamente fossem guerreiros, eles talvez nunca tivessem visto uma batalha de verdade ou participado de uma.

— Bom, sim, eles estão mortos — falei, com delicadeza. — Mas, se tivessem conseguido me fritar e me comer, *eu* estaria morto. De vez.

A garota me olhou sem entender.

— Porque eu sou einherji.

A garota continuou com uma expressão intrigada.

— Se eu morrer fora de Valhala, eu continuo morto. Ao contrário dos dragões, que, por serem criaturas míticas, vão sumir em Ginnungagap e acabar renascendo.

O rosto da garota se transformou.

— Os dragões vão renascer? — Ela segurou a mão da amiga e começou a pular e a dar gritinhos. — A gente vai ter bebês dragões aqui em breve. Que *fofoooo*! — Ela sorriu para mim. — Muito obrigada por matá-los!

— Ah. De nada.

Miles se aproximou nesse momento. Seu olhar foi dos corpos cortados e pulverizados dos dragões para meu machado e para meu peito suado e sujo de sangue. Em seguida, olhou para seu corpo magro e então de novo para os corpos. Ele assentiu com compreensão.

— Então... a sua praia é dieta paleo de homens das cavernas, não veganismo, né?

Eu bati no peito.

— Paleo de homens das cavernas até o último fio de cabelo, meu amigo. Agora, se você me der licença... — Peguei o machado, tirei algumas escamas de cada dragão e botei no meu escudo. — ... eu tenho um mosaico para terminar.

MUSPELLHEIM

Eu brinco com fogo

ALEX FIERRO

— AH... VOCÊS DOIS ficam tão fofos juntos que me dá até vontade de vomitar. Vou voltar para o meu quarto.

Nem sei se Mallory e Mestiço me ouviram quando eu saí, de tão grudados que estavam os lábios deles. Vê-los assim quase me fez sentir saudade do Magnus. Quase.

Ele estava visitando a prima, Annabeth Chase. Ela tinha aconselhado que ele deixasse a espada mágica, Jacques, também conhecido como Sumarbrander, a Espada do Verão, comigo. Portanto, enquanto Mallory e Mestiço se pegavam, eu voltei para o meu quarto para ficar com uma espada falante.

Jacques estava dormindo no pedestal decorativo para espadas que Blitzen tinha feito recentemente para ele. Pelo menos, eu acho que estava dormindo. É difícil saber com uma espada. Jacques não tem olhos.

Eu estava trabalhando num vaso novo quando Mestiço foi buscar alguns cacos. Agora, voltei para meu torno. Enquanto trabalhava na argila úmida girando debaixo dos meus dedos, senti que passei por uma mudança sutil.

Eu estava me identificando como garoto quando encontrei Mallory e Mestiço, e antes, com Samirah e o noivo dela, Amir. Agora, eu era menina. E, sim, a mudança é simples assim às vezes. Daí o termo *gênero fluido.*

Eu estava concentrada no meu vaso novo quando Jacques deu um pulo do pedestal de repente. As runas na lâmina dele pulsaram em um tom vermelho alarmante.

— *Señor! Señor!* — gritou ele. E parou como se estivesse me olhando. Repito, é difícil saber, por causa dessa coisa de não ter olhos. Mesmo assim, ele percebeu minha mudança de gênero. — Me desculpa. *Señorita! Señorita!*

— Jacques, relaxa. Respira fundo. Espera… Você respira?

— Não temos tempo para isso agora! Acabei de ouvir um boato pela rede subterrânea de armas que Surt, o lorde dos gigantes do fogo de Muspellheim, conhecido como "o Negro", está elaborando um novo plano nefasto!

— Ah, pelos deuses! — gritei. — Existe uma rede subterrânea de armas?

— É claro que existe! — retorquiu Jacques. — Pense bem. Qual é a única coisa que todos os nove mundos têm em comum?

— As pegadas do Thor e o fedor do peido dele?

— Bom... é. Mas a resposta que eu queria ouvir era *armas.* E nós conversamos. Fofocamos, na verdade. Ouvi o boato sobre Surt do seu garrote, que ouviu de uma flecha em Álfaheim, que ouviu de uma clava em Jötunheim, que ouviu de um descascador de legumes em Vanaheim, que...

— Descascador de legumes?

Jacques tremeu.

— Espero que você nunca precise ouvir os gritos de uma cenoura sendo esfolada por aquele terrível instrumento de tortura, *chica.* Enfim, o comunicado vai até Muspellheim.

Pela forma como ele estava cortando o ar, percebi que Jacques estava mesmo agitado. Fiquei com medo de ele estourar uma runa se eu não começasse a levá-lo a sério. Além do mais, Magnus confiava a vida (literalmente) a Jacques, então isso queria dizer que eu também confiava em Jacques.

Fui até a pia do banheiro lavar as mãos.

— Tudo bem, e qual é o plano do Surt?

Jacques apoiou o pomo no meu sofá e recostou a lâmina nas almofadas.

— Eu não tenho os detalhes. Mas, sendo Surt, não pode ser coisa boa.

— E o que a gente está esperando? — Sequei as mãos em uma toalha com as iniciais do hotel, HV, bordadas e joguei-a na direção do cesto de roupas sujas. — Hora de ir para a bainha. E daqui vamos para a árvore.

— Não! Eu não posso ir! Eu... não vou conseguir resistir ao Negro.

Jacques pareceu infeliz, e me lembrei de uma coisa que Magnus tinha me contado: que, chegando o Ragnarök, Surt estava destinado a portar Jacques e libertar o lobo Fenrir. Quando eles encontraram Surt da última vez, Jacques sentiu a força do destino e praticamente pulou da mão do Magnus para se juntar ao lorde do fogo. Se Jacques chegasse perto de Surt de novo sem Magnus por perto...

— Ah, não, óbvio que você não pode — falei apressadamente. — Você fica aqui, são e salvo, livre de Surt. Sam voltou da missão especial, então vou chamá-la, e nós vamos buscar Hearth e Blitz e...

Jacques voou até alguns centímetros na frente da minha cara, as runas brilhando em uma exibição que mais parecia o interior de uma discoteca.

— Não! Surt consegue detectar einherjar e elfos, anões e valquírias. Você tem que fazer isso sozinha.

Balancei as mãos no ar.

— Hum, oi? Você não está esquecendo um detalhezinho? Eu *sou* uma einherji. O que vai impedir Surt de me farejar?

Jacques ficou quieto de novo.

— Você pode usar seus poderes de metamorfa. É só mudar de forma e pronto — disse ele. — Além do mais, sua fluidez de gênero vai confundi-lo. Ele nao vai conseguir firmar a percepção em você.

Ergui uma das sobrancelhas.

— Sem querer ofender, você não parece ter muita certeza quanto a isso.

— Eu tenho! Bom, quase. Mais ou menos.

Jacques não me passou muita confiança. Mas eu não podia ficar sentada enquanto Surt elaborava um plano sinistro. Eu já tinha vivido muitas situações assim na minha pós-vida, obrigada. Se havia uma chance de detê-lo antes que ele começasse, eu tinha que aproveitar.

Portanto, peguei meu garrote especial de ouro, o que a deusa Sif tinha me dado, e o enrolei na cintura. Fui até o átrio com a intenção de subir pela Árvore do Mundo até chegar a uma entrada de Muspellheim, mas Jacques me fez parar.

— Pegue o elevador de serviço — aconselhou ele. — Ouvi falar que uma vez a capitã das valquírias pegou fogo quando as portas se abriram, então deve levar direto para Muspellheim.

Aquela informaçãozinha me fez hesitar.

— Uma pergunta rápida, espada da discoteca: o que vai me impedir de virar espetinho de einherji quando usar aquele elevador? Ou quando estiver andando por Muspellheim, na verdade?

— Hum… alguma chance de seu suéter ser resistente ao fogo?

— Não. É casimira.

— Ah. Bom, então acabaram minhas ideias.

As minhas também, até meu olhar pousar no meu forno. Era a gás e parecia uma lata de lixo de aço com pernas achatadas e tampa. O interior podia chegar a temperaturas superiores a mil graus, o que o tornava perfeito para transformar vasos de argila molengos em cerâmica assada e dura. Uma camada grossa de proteção de cerâmica protegia a mim e ao meu quarto do calor extremo.

Com um pouco de magia, pensei, *aposto que eu poderia transformar algumas dessas fibras em uma coisa que vai me proteger do fogo de Muspellheim.*

Eu não era nenhuma mestra das runas como Hearthstone, mas também não desconhecia magia. Quando eu estava viva, minha mãe, Loki (não pergunte), me ensinou um encantamento que transformou meu cortador de argila num garrote mortal. Mais recentemente, eu tinha trazido à vida um guerreiro de cerâmica chamado Pottery Barn com apenas um toque dos meus dedos.

Para criar meu escudo de fogo metamorfo, juntei um punhado de fibras com meu símbolo das Serpentes de Urnes, cobras entrelaçadas que representavam a flexibilidade, e uma runa *algiz* que peguei emprestada sem pedir da bolsa de runas de Hearthstone. (Se ele não queria que eu pegasse, por que deixou o quarto destrancado?) Concentrei-me em transformar as três coisas numa membrana invisível que me cercasse como uma segunda pele.

Para minha alegria... quer dizer, para a minha perplexidade, funcionou. Melhor ainda, a membrana mudava de forma junto comigo. No teste final, eu acendi o forno, virei uma mosca comum e, com Jacques pairando nervosamente ali perto, mergulhei lá dentro. Saí completamente ilesa.

Era hora de partir.

— Fica bem, espada da discoteca.

Jacques foi até o meu vaso de espada-de-são-jorge e se escondeu em meio às folhas largas.

— Você também — disse.

Virei formiga na descida rápida de elevador até Muspellheim. Um sopro de fogo me engoliu quando as portas se abriram. Se não fosse minha membrana, eu teria explodido como milho de pipoca.

— Que recepção interessante — murmurei.

A julgar pelos arredores opulentos, com paredes com painéis de ouro e ébano, tetos abobadados que brilhavam como brasas e várias tapeçarias de seda vermelhas, laranja e pretas exibindo o homem bonito e cruel imperando sobre demônios de fogo dançantes, eu não tinha ido parar em algum buraco obscuro de Muspellheim, e sim no coração do palácio do próprio Surt.

Estufei o peito com determinação. *Muito bem. Está na hora!*

Depois de demorar dez minutos para andar um metro e meio, caí em mim e me transformei em uma mosca. Fui bem mais rápida depois disso.

Encontrei Surt em uma sala de reuniões bem grande. Com suas mãos elegantes de dedos longos unidas nas costas, sem um único fio de cabelo fora do lugar, ele estava parado olhando por um janelão enorme para a paisagem de fogo abaixo. Sentados à mesa havia vários deuses e deusas que não reconheci. E como eu soube que eles eram deidades? Não estavam pegando fogo, então não eram gigantes do fogo nem demônios. Também não estavam incomodados com o calor, nem gritando, nem chiando, nem queimando até ficarem tostados. Conclusão lógica? Eram imortais.

Surt se virou, e tive que conter uma gargalhada. Com o traje todo preto, feições igualmente negras e a expressão sombria e feroz, ele deveria ser intimidante. Mas o nariz dele estava tão pequeno (havia um novo crescendo depois que Magnus tinha cortado a fuça velha dele num encontro anterior) que ele parecia mais ridículo do que temeroso.

O lorde do fogo se moveu com a graça de um dançarino de salão até chegar à cabeceira da mesa. Pressionou a ponta dos dedos na superfície. A sala ficou em silêncio. E Surt falou. De repente, ele não pareceu mais tão ridículo. A voz grave trovejou na minha mente, forçando meus pensamentos como se quisesse substituí-los pelos dele. Tentando me convencer a pensar como ele.

Não me admira Jacques ter ficado tão desesperado para ir até ele, pensei. *Se as deidades caírem sob o feitiço dele...*

Por sorte, minha força de vontade já aguentou um manipulador ainda maior: minha mãe, Loki. (De novo, não pergunte.) Com cuidado para não atrair atenção para mim mesma, eu resisti à voz de Surt. Seu poder foi diminuindo lentamente até minha mente voltar a ser minha e eu conseguir escutar as palavras.

— Odin, Thor, Frey, Loki — disse Surt. — Todos estão tão concentrados na chegada do Ragnarök que esqueceram o que vem depois. Um novo mundo! — Ele levantou os braços e ficou de frente para o janelão. — Um novo mundo vai emergir quando as águas das enchentes recuarem, os fogos se apagarem, as tempestades de gelo derreterem e os terremotos cessarem!

Ele baixou a voz e os braços e se inclinou para a frente sobre a mesa de novo.

— Esse mundo vai precisar de deuses, meus amigos. Vocês podem ser esses deuses. Vocês, que Odin e a patota dele esqueceram, podem tomar o lugar deles... *se* eu achar que são dignos de lutar do lado certo da guerra quando o Ragnarök chegar. O *meu* lado.

Enquanto Surt falava, observei as deidades. Eram uma mistura bem variada, alguns com aparência antiga e trajes vikings tradicionais, outros mais jovens, usando roupas de séculos mais recentes. A aparência deles não me ajudava nem um pouco a saber quem era quem, o que me fez ter saudade dos crachás usados pela equipe do Hotel Valhala. Quem quer que fossem, eles estavam prestando atenção em cada palavra de Surt.

Surt parou de falar abruptamente. Ele franziu a testa, ergueu o queixo. As narinas se dilataram. Ele virou a cabeça e olhou para o meu esconderijo.

Xinguei baixinho. Eu tinha esquecido que precisava ficar mudando de forma, e o lorde do fogo tinha me farejado. Eu não podia mudar de forma naquele momento, não com Surt olhando diretamente para mim.

Uma cadeira foi arrastada no chão.

— Que raios é aquilo? — gritou uma deusa, atônita. Achei que ela tivesse me visto, mas ela e os outros correram para a janela. Um até esbarrou em Surt. Quando ele se virou para olhar de cara feia para o sujeito, eu mudei de forma para uma pulga e pulei para outro local.

De onde eu estava, tinha uma visão perfeita da agitação lá fora. Thor estava passando correndo, suando baldes e gritando "Ai-ai-ai-ai-ai" a cada passada. E fazia sentido: o chão de Muspellheim era coberto de lava (lava de verdade, bem diferente daquele jogo em que a gente não pode pisar no chão).

Surt foi até a janela. Eu esperava que ele a abrisse e jogasse uma bola de fogo em Thor, mas ele só fechou as cortinas pretas de seda.

— O show acabou! — gritou ele. — Podem voltar aos seus lugares e declarar sua dignidade para se juntarem a mim no Ragnarök.

O primeiro deus se levantou. Calvo, suado e com uma barriga que se projetava sobre o cinto, ele lembrava um capataz de projeto de infraestrutura de baixo orçamento.

— O NOME AQUI É HOLLER! — berrou ele. — DEUS DA DOENÇA, DESTRUIÇÃO E DESASTRE! ME DEIXE JOGAR NO SEU TIME E VOU DERRUBAR AS MASSAS COM RESFRIADOS ARRASADORES! DEPOIS, VOU ESPALHAR UMA EPIDEMIA DE TORNEIRAS VAZANDO E UM MONTE DE BURACOS NAS RUAS!

— Interessante. — Surt anotou algumas coisas num bloco amarelo. — Próximo?

Uma mulher com cara de nojo e postura ereta como uma vara se levantou da cadeira e ajeitou o avental.

— Eu sou Snotra.

Quase me entreguei dando uma risada.

Quanto nome ridículo.

Transformei-me em barata (por algum motivo, eu estava indo automaticamente para os insetos) e corri para baixo de um rodapé.

Snotra lembrou aos outros que era a deusa da prudência e da autodisciplina.

— Vou me certificar de que os gigantes ataquem de forma organizada. Nada de furar fila. Nada de fazer baderna. Nada de — ela se empertigou e apertou os lábios finos com reprovação — mascar chiclete. E vou organizar uma tabela de tarefas para o pós-Ragnarök.

— Hum — murmurou Surt. — Que... meticuloso da sua parte.

As outras deidades foram se levantando. Algumas, como Snotra e Holler, tinham planos reais a propor. O resto estava preparado para se aliar a Surt porque tinha ranço dos deuses que estavam no poder.

Forseti, o deus da justiça fumador de charuto, reclamou sobre não ser parte da panelinha do Odin.

— O Papai de Todos me deixou de fora das grandes decisões, tipo onde e como prender Loki, sabe? Mas estou com você, quando o mundo novo chegar, *bum*! Vou ser o rei da cocada preta, com exceção da companhia atual, claro, meu lorde — acrescentou ele apressadamente quando Surt franziu a testa.

A deusa Glum, que parecia estar de baixo astral, era uma das aias de Frigga.

— Estou tão *cansada* de ficar na sombra dela o tempo todo — disse ela. — Quero ter a chance de brilhar.

— E o que você faria se tivesse essa chance? — questionou Surt.

Glum olhou para ele.

— O que eu *faria*?

Uma deusa de camisa deselegante e saia larga aninhou o rosto de Glum com a mão e deu um sacolejo carinhoso.

— Uma coisinha linda e jovem como você não precisa *fazer* nada. Você precisa de alguém que faça as coisas *por você.* Um marido! — Ela olhou para Forseti e se inclinou para perto de Glum. — Eu sou Lofn — sussurrou ela —, deusa dos casamentos arranjados. — Ela entregou um cartão de visitas a Glum. — Me liga. Vamos conversar.

Mais deuses e deusas se apresentaram. Eu não tinha ouvido falar de nenhum deles, o que me deixava meio triste. Sei como é ser deixada de lado. É horrível.

Mas, a cada nova deidade que falava, minha tensão crescia.

Eles podem ser um grupo estranho, lembrei a mim mesma, *mas somam ao poder de Surt.*

Eu tinha que fazê-los voltar para o nosso lado. Ou pelo menos não se juntarem ao dele. Mas como?

Surt começou a detalhar os planos para sua nova ordem mundial. Novamente, as deidades se deixaram levar pela voz hipnótica dele. Eu tinha que encontrar um jeito de quebrar aquele feitiço.

De repente, uma ideia me veio à mente: eu ia ser a mosca que pousou na sopa deles. Ou quase isso.

Virei um mosquito e voei para perto de Snotra.

— Surt ama o caos — sussurrei no ouvido dela. — Você acha mesmo que ele vai deixá-la manter a ordem?

Para Holler, eu murmurei:

— Que lugar um deus da destruição vai ter em um mundo novo, onde o objetivo é construir?

No ouvido de Glum, falei:

— Surt vai esperar alguma coisa de você. Você quer mesmo esse tipo de pressão?

Fui voando em volta da mesa, plantando sementes de discórdia. Quando terminei, as deidades estavam olhando para Surt com desconfiança.

Surt sentiu a mudança de atitude. Levantou-se lentamente da cadeira.

— Meus amigos, vocês expuseram o que têm a oferecer. Agora talvez precisem de um lembrete do que *eu* coloco em jogo.

Ele ergueu a mão no ar e invocou sua espada de pura chama branca. Os deuses e as deusas se encolheram. Surt jogou a cabeça para trás, riu e cresceu até chegar a seu tamanho total de gigante.

— Suas deidades menores, esquecidas, *patéticas*! Tão fáceis de sucumbir à minha vontade. Nenhum de vocês ousaria me desafiar!

Escolhi esse momento para me transformar em abelha, entrar no narizinho do Surt e dar uma ferroada nele.

Com um uivo de dor, Surt largou a espada e encolheu até o tamanho anterior. Voltei à minha forma real.

— *Eu* ouso.

Enrolei uma das pontas do meu garrote no pescoço dele e puxei com força. Em seguida, peguei a espada de chamas e, com um movimento ascendente, cortei o nariz em crescimento dele.

— Jacques e Magnus mandam lembranças.

Surt pulou na minha direção. Eu me transformei em um carneiro-selvagem e dei uma cabeçada onde antes ficava o nariz dele.

Em seguida, voltei para a forma humana, apertei o garrote até os olhos dele saltarem e o ameacei com sua própria espada.

— Se vier pra cima de mim de novo, vai se arrepender — avisei.

Observei as deidades atordoadas.

— Se uma einherji consegue fazer isso, imaginem o que todos nós podemos fazer. O que *vamos* fazer quando o Ragnarök chegar. Nós não estamos destinados a vencer, mas vamos lutar com honra. Nós receberíamos vocês do nosso lado da luta. Mas, se querem ficar do lado dele — dei um puxão forte no garrote e fui recompensada com um gorgolejo de Surt —, saibam disto: eu vou caçar todos vocês pessoalmente no Último Campo de Batalhas de Vigrid e me certificar de que sejam enviados direto para Ginnungagap. A escolha é de vocês.

As deidades sumiram.

Eu assenti.

— É, foi o que pensei.

Eu admito: estava me achando mesmo. Mas aí me dei conta da minha situação. Eu não podia voltar para Valhala, não com Surt enrolado no meu garrote. Odin não ia gostar de ter algo podre como ele em seu reino. E se eu soltasse Surt, ele me atacaria; a chama ardente em seus olhos deixava isso bem nítido.

Eu estava começando a entrar em pânico, mas só um pouco, quando ouvi um *ding* distante. Sam, Hearth, Blitz, Mestiço, T.J. e Mallory entraram correndo, as armas em punho, e pararam quando me viram com Surt na coleira e a espada dele na minha mão.

— Oi, pessoal — falei. — Como vocês não viraram churrasquinho?

— Magia de proteção élfica. — Sam indicou Hearth. Com os braços erguidos acima da cabeça, o rosto do elfo estava se contorcendo com o esforço. — Que bom que ele tinha uma runa *algiz* a mais, senão a gente estava frito.

— Mas por que vieram para cá? — perguntei. — Não que eu não esteja feliz em ver vocês. Só estou confusa.

— Jacques nos falou que você estava encrencada — explicou T.J. — Ele ouviu de um cassetete, que ouviu de um estilingue, que ouviu do seu garrote.

— E, falando em garrote — acrescentou Mallory, olhando o fio apertando o pescoço de Surt —, parece que você não precisa da nossa ajuda, afinal.

— Na verdade, uma mãozinha seria bem-vinda — admiti.

— Eu tenho o que você precisa bem aqui. — Blitzen se adiantou segurando uma corda fina de prata. — Não é da mesma qualidade de Gleipnir nem da nova corda que está amarrando o lobo Fenrir, mas vai servir.

Enquanto ele amarrava Surt com uns movimentos irados de caubói, Sam se virou para mim.

— Por Helheim, o que aconteceu aqui?

— É uma longa história. Eu conto no elevador.

— Então, se estamos todos prontos, depois de você… hã… — Mestiço me olhou. — Mocinha?

Eu sorri.

— Acertou de primeira.

Seguimos para o elevador. No último momento, soltei meu garrote do pescoço de Surt. Em seguida, ergui a espada dele.

— Vou guardar isso. Vai ser uma lembrancinha dos momentos especiais que passamos juntos. E mais uma coisa: da próxima vez que você tentar tramar contra nós, lembre-se disso. — Eu indiquei meus amigos. — Nós vamos estar prontos.

Objetivo completado! Mais ou menos...

THOR

ASGARD. MIDGARD. Nídavellir. Álfaheim. Jötunheim. Helheim. Niflheim. Vanaheim. Muspellheim. Correr pelos nove mundos para chegar a dez milhões de passos não foi fácil. Só as assaduras e bolhas quase acabaram com a minha missão para ganhar uma participação especial no meu programa de televisão favorito de Midgard. Mas eu faria tudo de novo, se precisasse.

E, aparentemente, vou ter que fazer mesmo, porque me esqueci de ligar o FitnessKnut.

GLOSSÁRIO

AESIR (pl.: aesires) — deuses da guerra; semelhantes aos humanos

ÁLFAHEIM — reino dos elfos, governado pelo deus Frey

ÁRVORE DE LAERADR — árvore localizada no centro do Salão de Banquete dos Mortos, em Valhala, com animais imortais com funções especiais

ASGARD — reino dos aesires

BALDER — deus da luz; o segundo filho de Odin e Frigga, irmão gêmeo de Hod. Frigga fez todas as coisas jurarem nunca machucar o filho dela, mas se esqueceu do visgo. Loki fez Hod matar Balder com um dardo feito de visgo

BEAR GRYLLS — aventureiro britânico mais conhecido por sua série de televisão *Man vs. Wild*

BIFROST — a ponte arco-íris que liga Asgard a Midgard

BOADICEA — rainha da tribo celta britânica Iceni que liderou uma revolta contra uma ocupação romana em 61 EC (ou 61 d.C.)

EINHERJAR (sing.: einherji) — grandes heróis que morreram com bravura na Terra; soldados do exército eterno de Odin; treinam em Valhala para o Ragnarök, quando os mais corajosos se juntarão a Odin na batalha contra Loki e os gigantes no fim do mundo

FENRIR — lobo nascido do caso de Loki com uma giganta; sua força incrível causa medo até mesmo em deuses, que o mantêm amarrado a uma pedra em uma ilha. Ele está destinado a se soltar no dia do Ragnarök

FIMBULWINTER — três anos de inverno infinito que precedem imediatamente o Ragnarök

FÓLKVANGR — a pós-vida dos vanires para os heróis mortos em batalha, governada pela deusa Freya

FORSETI — deus da justiça

FREY — deus da primavera e do verão; do sol, da chuva e da colheita; da abundância e da fertilidade, do crescimento e da vitalidade. Frey é irmão gêmeo de Freya, e, como a irmã, tem grande beleza. Ele é o lorde de Álfaheim

FREYA — deusa do amor; irmã gêmea de Frey; governante de Fólkvangr

FRIGGA — deusa do casamento e da maternidade; esposa de Odin e rainha de Asgard; mãe de Balder e Hod

GARM — cão de guarda de Hel

GINNUNGAGAP — o abismo primordial; a névoa que obscurece as aparências

GJALLAR — trombeta de Heimdall

GLAMOUR — magia de ilusão

GLEIPNIR — corda feita por anões para prender o lobo Fenrir

GLUM — deusa menor, aia de Frigga

GUNGNIR — lança de Odin

HEIDRÚN — a cabra da Árvore de Laeradr cujo leite é fermentado para fazer o hidromel mágico de Valhala

HEIMDALL — deus da vigilância e guardião do Bifrost, a entrada para Asgard

HEL — deusa da morte desonrosa; nascida do caso de Loki com uma giganta

HELHEIM — o submundo nórdico, governado por Hel e habitado pelos que morreram fazendo maldades, de velhice ou devido a doenças

HLADGUNNR — filha de Hel; neta de Loki; uma valquíria que fazia brincadeiras com suas vítimas

HLIDSKJALF — o Alto Trono de Odin

HOD — irmão cego de Balder

HOLLER — deus nórdico da doença, da destruição e do desastre

HONIR — deus aesir da indecisão, da evasão e do mistério

HULDRA — espírito da floresta domesticado

HVERGELMIR — fontes termais em torno de Yggdrasill

JÖTUNHEIM — reino dos gigantes da terra

JÖTUNN — gigante

LOFN — deusa dos casamentos arranjados

LOKI — deus da lábia, da magia e dos artifícios; filho de dois gigantes, Farbauti e Laufey; adepto da magia e da metamorfose. Ele é alternadamente maldoso e heroico para os deuses de Asgard e para a humanidade. Por conta de seu papel na morte de Balder, Loki foi acorrentado por Odin a três pedras gigantescas com uma serpente venenosa enrolada acima da cabeça. O veneno da cobra de tempos em tempos queima o rosto do deus, e quando ele se debate seus movimentos causam terremotos

LYNGVI — a Ilha das Urzes, onde Fenrir está acorrentado

MIDGARD — reino dos humanos

MÍMIR — deus aesir que, ao lado de Honir, trocou de lugar com os deuses vanires, Frey e Njord, no final da guerra entre os dois clãs. Como os vanires não gostaram dos conselhos dele, cortaram sua cabeça e a mandaram para Odin. Odin depositou a cabeça em um poço mágico, onde a água o trouxe de volta à vida, e Mímir absorveu todo o conhecimento da Árvore do Mundo

MJÖLNIR — o martelo de Thor

MUSPELLHEIM — reino dos gigantes do fogo e dos demônios

NÁBRÓK — calça feita da pele de um cadáver

NÍDAVELLIR — reino dos anões

NIDHOGG — dragão que vive na base da Árvore do Mundo e rói suas raízes

NIFLHEIM — mundo do gelo, da névoa e da neblina

ODIN — o "Pai de Todos" e rei dos deuses; deus da guerra e da morte, mas também da poesia e da sabedoria. Ao trocar um olho por um gole do Poço da Sabedoria, Odin ganhou conhecimentos inigualáveis. Ele observa os nove mundos de seu trono em Asgard; além de seu grande salão, também vive em Valhala com os mais corajosos entre os mortos em batalha

RAGNARÖK — o Dia do Juízo Final, quando os mais corajosos entre os einherjar vão se juntar a Odin na batalha contra Loki e os gigantes no fim do mundo

RATATOSK — esquilo imortal que percorre a Árvore do Mundo carregando insultos entre a águia, que mora na copa, e Nidhogg, o dragão que mora nas raízes

SAEHRÍMIR — animal mágico de Valhala; todos os dias ele é morto e assado para o jantar, e todas as manhãs ele ressuscita; tem o gosto que quem o consome desejar

SESSRÚMNIR — o Salão dos Muitos Assentos, a mansão de Freya em Fólkvangr

SIERSGRUNNR — nórdico para “Bunda de Queijo”

SIF — deusa da terra; com seu primeiro marido, teve Uller; Thor é seu segundo marido; a sorveira é sua árvore sagrada

SNOTRA — deusa da prudência e autodisciplina

SUMARBRANDER — a Espada do Verão

SURT — lorde de Muspellheim

THOR — deus do trovão; filho de Odin. As tempestades são o efeito de quando a carruagem de Thor atravessa o céu, e os relâmpagos são provocados quando ele usa seu poderoso martelo, Mjölnir

TYR — deus da coragem, da lei e do julgamento por combate; ele teve a mão arrancada por uma mordida de Fenrir, quando o Lobo foi amarrado pelos deuses

UTGARD-LOKI — o feiticeiro mais poderoso de Jötunheim; rei dos gigantes das montanhas

VALHALA — paraíso para os guerreiros a serviço de Odin

VALKNUT — desenho nórdico de três triângulos entrelaçados; a palavra vem de *vair*, que significa *guerreiros mortos*, e *knut*, que significa *nó*

VALQUÍRIAS — servas de Odin que escolhem os heróis mortos que serão levados para Valhala

VANAHEIM — reino dos vanires

VANIR (pl.: vanires) — deuses da natureza; semelhantes aos elfos

VIGRID — uma planície que será o local da batalha entre os deuses e as forças de Surt durante o Ragnarök

YGGDRASILL — a Árvore do Mundo

RUNAS (EM ORDEM DE APARIÇÃO)

DAGAZ — novos começos, transformações

ᛞ

GEBO — presentes

ᚷ

LAGAZ — água, liquefação

ᛚ

ALGIZ — proteção

ᛉ

ISA — gelo

ᛁ

URUZ — touro

ᚢ

HAGALAZ — granizo

ᚺ

KENAZ — a tocha

ᚲ

TIWAZ — a runa de Tyr

ᛏ

SOBRE O AUTOR

Considerado o "contador de histórias dos deuses", Rick Riordan é autor best-seller do *The New York Times*, premiado pela YALSA e pela American Library Association, com mais de 7 milhões de livros vendidos no Brasil. Por quinze anos ensinou inglês e história em escolas de São Francisco, e é a essa experiência que atribui sua habilidade em escrever para o público jovem. Além das séries *Percy Jackson e os olimpianos*, *Os heróis do Olimpo* e *As provações de Apolo*, inspiradas na mitologia greco-romana, Riordan assina as séries *As crônicas dos Kane*, que visita deuses e mitos do Egito Antigo, *Magnus Chase e os deuses de Asgard*, sobre mitologia nórdica, e a obra *A filha das profundezas*, uma releitura de *Vinte mil léguas submarinas*, clássico de Júlio Verne. Rick nasceu em San Antonio, no Texas, em 1964, e hoje mora com a esposa e os dois filhos em Boston.

intrinseca.com.br

@intrinseca

editoraintrinseca

@intrinseca

@editoraintrinseca

editoraintrinseca

1ª edição	ABRIL DE 2022
impressão	PANCROM GRÁFICA
papel de miolo	PÓLEN SOFT 80G/M²
papel de capa	COUCHÉ BRILHO 150G/M²
tipografia	ITC NEW BASKERVILLE